U0811104

无疆的文学

世界的音符

尚书房

走向世界的中国作家

表弟

梁晓声 著

CHINESE WRITERS
WITH WORLDWIDE INFLUENCE

文化发展出版社
Cultural Development Press

图书在版编目（CIP）数据

表弟/梁晓声著．—北京 ：文化发展出版社，2016.9（2019.7重印）
ISBN 978-7-5142-1406-2

Ⅰ．①表… Ⅱ．①梁… Ⅲ．①中篇小说－小说集－中国－当代
Ⅳ．①I247.5

中国版本图书馆CIP数据核字(2016)第164824号

表 弟

梁晓声/著

出 版 人：赵鹏飞
总 策 划：尚振山　曹振中
责任编辑：肖贵平　周　蕾
责任校对：岳智勇　　**责任印制**：杨　骏
责任设计：侯　铮　　**排版设计**：麒麟传媒

出版发行：文化发展出版社（北京市翠微路2号　邮编：100036）
网　　址：www.wenhuafazhan.com
经　　销：各地新华书店
印　　刷：三河市金元印装有限公司
开　　本：889mm×1194mm　1/32
字　　数：132千字
印　　张：7.25
印　　次：2016年9月第1版　2019年7月第3次印刷
定　　价：49.80元
I S B N ：978-7-5142-1406-2

◆ 如发现任何质量问题请与我社发行部联系。发行部电话：010-88275710

编委会

野　莽：中国作家，编辑家，出版家。作品被翻译成英、法、日、俄等国文字。国外出版有法文版小说集《开电梯的女人》等多部作品。主编有中、英文版“中国文学宝库”（50卷），中文版“中国作家档案书系”（30卷，与雷达），“中国当代长篇小说评点绘画本丛书”（15卷）及“中国当代精品文库”等大型丛书数百种。

安博兰：(Geneviève Imbot-Bichet)，法国汉学家，汉法文学翻译家，出版家。法国 Éditions Bleu de Chine 创始人。早年于台湾学习汉语，曾在法国驻华使馆（北京）任职。现为法国伽利玛出版社（Gallimard）中国蓝丛书负责人，法国“中国之家”文化顾问。曾翻译出版了大量中国作家的作品，其中最具影响力的有荣获法国三大文学奖之一——费米纳（Fémina）外国文学奖的《废都》。

吕　华：中国翻译家。曾任中央编译局中央文献翻译部法文处处长，中国外文局中国文学出版社副总编辑，中译法最终审稿、定稿人。对外翻译过三任国家领导人的文集。文学翻译有法文版长篇小说《带灯》以及大量中国当代作家如汪曾祺、陆文夫、贾平凹、韩少功、陈建功、刘恒、莫言、阎连科、周大新、王安忆、铁凝、方方等的代表作。

贾平凹：中国作家，书法家，画家。中国茅盾文学奖、费米纳文学奖、法国政府奖、美国美孚飞马文学奖获得者。作品被翻译成英、法、德、意、西、捷、俄、日、韩、越等二十多种文字。在国外产生影响的有英文版长篇小说《浮躁》，法文版长篇小说《废都》《土门》《古炉》等。

周大新：中国作家。中国茅盾文学奖获得者。作品被翻译成英、法、德、朝、捷等十多种文字。国外出版有法文版长篇小说《向上的台阶》等多部作品。由其短篇小说《香魂塘畔的香油坊》改编的电影《香魂女》获柏林国际电影节金熊奖。

尚振山：尚书房图书出版品牌创始人。出版有“中国名家随笔丛书”、“中国文学排行榜丛书”、“中国小小说名家档案”（100卷）等。

不仅是为了纪念

——“走向世界的中国作家”文库总序

野　莽

尚书房请我主编这套大型文库,在一切都已商业化的今天,真正的文学不再具有20世纪80年代的神话般的魅力,所有以经济利益为目标的文化团队与个体,已经像日光灯下的脱衣舞者表演到了最后,无须让好看的羽衣霓裳做任何的掩饰,因为再好看的东西也莫过于货币的图案。所谓的文学书籍虽然也仍在零星地出版着,却多半只是在文学的旗帜下,以新奇重大的事件冠以惊心动魄的书名,摆在书店的入口处引诱对文学一知半解的人。尚书房的出现让我惊讶,我怀疑这是一群疯子,要不就是吃错药由聪明人变成了傻瓜,不曾看透今日的文化国情,放着赚钱的生意不做,却来费力不讨好地搭盖这座声称走向世界的文库。

但是尚书房执意要这么做,这叫我也没有办法,在答应这事之前我必须看清他们的全部面目,绝无功利之心的传说我不会相信。最终我算是明白了他们与上述出版人在某些方面确有不同,私欲固然是有的,譬如发誓要成为不入俗流的出版家,把同行们往往排列第二的追求打破秩序放在首位，尝试着出版一套既是典藏也是桥梁的书，为此已准备好了经受些许财经的风险。我告诉他们，风险不止于此，出版者还得准备接受来自作者的误会，这计划在实施的过程中不免会遇到一些未曾预料的问题。由于主办方的不同，相同的一件事如果让政府和作协来做，不知道会容易多少倍。

事实上接受这项工作对我而言，简单得就好比将多年前已备好的课复诵一遍，依照尚书房的原始设计，一是把新时期以来中国作家被翻译到国外的，重要和发生影响的长篇以下的小说，以母语的形式再次集中出版，作为中国当代文学的经典收藏；二是精选这些作家尚未出境的新作，出版之后推荐给国外的翻译家和出版家。入选作家的年龄不限，年代不限，在国内文学圈中的排名不限，作品的风格和流派不限，陆续而分期分批地进入文库，每位作者的每本单集容量为二至三个中篇，或十个左右短篇。就我过去的阅读积累，我可以闭上眼睛念出一大片在国内外已被认知的作品和它们的作者的名字，以及这些作者还未被翻译的21世纪的新作。

有了这个文库，除去为国内的文学读者提供怀旧、收藏和跟踪阅读的机会，也的确还能为世界文学的交流起到一定的媒介作用，尤其国外的翻译出版者，可以省去很多在汪洋大海中盲目打捞的精力和时间。为此我向这个大型文库的编委会提议，在编辑出版家外增加国内的著名作家、著名翻译家，以及国外的汉学家、翻译家和出版家，希望大家共同关心和参与文库的遴选工作，荟萃各方专家的智慧，尽可能少地遗漏一些重要的作家和作品，这方法自然比所谓的慧眼独具要科学和公正得多。

当然遗漏总会有的，但那或许是因为其他障碍所致，譬如出版社的版权专有，作家的版税标准，等等。为了实现文库的预期目的，那些障碍在全书的编辑出版过程中，尚书房会力所能及地逐步解决，在此我对他们的倾情付出表示敬意。

2016 年 5 月 7 日写于竹影居

目录

不仅是为了纪念
——“走向世界的中国作家”文库总序/野莽

表　弟
1

母　亲
165

梁晓声主要著作目录
217

表　弟

1

A 大学，我是永远不想再去了的。

什么“文学与人生”的对话之类，于我，其实是不善拒绝的性格之弱点的自蹈罢了。文学的确曾养育过我的灵魂。大着点儿胆子说也的确养育过“我们”的灵魂。“我们”——一小撮？这是一种历史的事实。倘彻底地否认，细想想，总有些负心于时代的内疚。但却是当年的文学。当年的“我们”，和那种样的，小学生即使捡到了一分钱，都很虔诚地交给警察叔叔的当年。如今人民币贬值，“一分钱精神”怎么着似乎都“精神”不起来了。

如今文学和人生又究竟有什么关系呢？要说有关系，也不过就是和作家的人生有关系。或者包括些个仍向往当作家的人。如今普遍的人们，还未到思考人生的年龄，大抵都已将人生思考明白了。十七八清华北大，二十七八电大夜大，三十七八要啥没啥，四十七八等待提拔，五十七八准备回家，六十七八玩鸟养花，七十七八魂系中华，八十七八……这规律，昭示着上等的人生的程序。下等的呢，自十七八岁起，若高考落榜，十之五六加入“披头散发”的行列，于是一味地破罐子破摔。挣扎或曰“奋斗”，固然可嘉，但对于仍咄咄逼人的现实，一两个回合下来，往往遍体鳞伤，甚至终生“残疾”。所以中国人都有几分怵“奋斗”。故作潇洒的说法是“懒得奋斗”。何况现实与人生的较量，从来都是现实稳操胜券。人生偶胜一把，那也不是人生的能耐。不过是现实故意露个破绽，让人生一把。人生每战必败，终于不战自败，连现实也会觉得索然，没情绪再充当现实的。更何况，什么就叫作人生的胜负呢？思考明白了也罢，思考不明白也罢，除非你当到部长以上，五十七八，不是一样的都得准备回家吗？熬过一段人生与社会的“断乳期”，习惯了回家之后的寂寞，愿意玩鸟的，不都一样地可以玩只鸟吗？愿意养花的，不都一样地可以养盆花吗？其不同，无非是所玩之鸟或所养之花名贵与不名贵而已……

人生尚且如此，灵魂更复何求呢？概念的人生只能“提炼”出概念的文学。概念的文学又怎么能够“养育”从年轻时就没着没落似的灵魂呢？灵魂一旦和人生贴得太紧密了，便是用什么都不太好养活的东西了。当年的“我们”，活得都特别。仿佛人生是人生，灵魂是灵魂。人生在地上打洞，体验真实的平庸，灵魂却似可飞翔到天空上去，每根羽毛都炫耀升华后的荣耀。所谓取长补短，相得益彰。现在的人们却要实际得多。灵魂所希冀的，同时是人生所希冀的。比人生所希冀的更奢侈更强烈，绝不比人生所希冀的差劲儿。用两样儿的东西许诺给人们是断断不行的。企图以当年的方式方法诱惑人们的灵魂摆脱人生真实体验而“升华”起来，基本上是一厢情愿的痴心妄想。如今人们的人生都巴望着“升华”。而灵魂不大愿意。所以也可以得出一个结论是——当年的“我们”太傻，而当年的时代是很狡猾的。现在的人们太“精”，而现在的时代，没研究出对付太“精”的人们之更狡猾的高招儿。“思想工作”的成本无疑是比当年翻了几十倍了，形式轰轰烈烈效益实际上甚微……很难做到灵魂里边去。

我当然不是以“思想工作者”的身份和面孔到大学里去“对话”的。是以小说家的身份和面孔。众所周知，我的面孔枯瘦，身体形销骨立。这样的一个人，若非道士，而是小说家，即使本心并不忧患什么，也让瞧着的人，能硬瞧出点儿忧患着什么的意思似的。起码的，怪替这样的小说家所忧患的。故我总被视为忧患型的小说家。尽管每次对话之后，我再三声明——现实其实是挺美好的，无须乎什么人再替它忧患，人们只忧患自己就足矣了。大学生们却更视我为忧患型的小说家了。且都厚道地以为，我是替现实忧患到了不愿再言忧患的地步了。

我当然也不是那种很耐不住寂寞的人，忙里偷闲的，溜到大学去寻觅小说家的自我感觉。再者说啦，寂寞是多么难得的宝贵时光。中国人，你想寂寞，又寂寞得了吗？每次“对话”，都是被动员去的。而每次“对话”的命题又一概地是“文学与人生”。小说家谈文学，无疑是再适合不过的。但于今天，仅谈文学，难道不是挺脱离群众的事吗？搭配上“人生”一块儿谈，才谈得下去。听的人也才听得下去。若无“人生”佐味儿，任何内容的“对话”，似乎总有点儿不咸不淡的不是？文学与“人生”，在我这儿，纯粹是两个命题的人为的遭际。在大学生们那儿，大概相当于啤酒和烧酒兑成的“鸡尾酒”吧？文学的啤酒因了人生的烧酒而似乎使人血脉偾张。人生的烧酒因了文学的啤酒而似乎有沫可冒。大概就是这么回事……

但每次“对话”之后，回到家中，严肃反思，扪心自问，又总觉得自己像卖假药的江湖郎中，自产自销，兼自做广告，近乎蒙世的行径。只好以这么一种逻辑替自己辩解——有大学便有学生会。有学生会便有各种活动举行。没活动大学生们便对他们的学生会有意见。而文学又总是在大学生们的“活动”之列的，不请我去也得请别人去。别人恐怕未必如我那么好请。大学生们乃国家的栋梁。还没成栋成梁的时候便四处碰壁，难免不挫伤他们成栋成梁的自信。由好请的我而鼓励他们的自信，是否也算对国家的未来尽了些义务呢？国家兴亡，匹夫有责啊！

这么一想，也就泰然自安了。

有一天我在家里病着，来了位不速之客。又是位素昧平生的大学生。

“什么事？说吧！”

待他落座之后，我明知故问。

“梁老师，你身体不太好？”

我说是的我病了。

“什么病？”

我说老病没愈，又添了新病。自己也闹不清，使我停了写作，不得不躺倒下来的，究竟是老病，还是新病，自己也搞不大清。

他便嗫嗫嚅嚅的，有话欲说不说的样子。

他不开口。我也不开口。他坐着。我卧着。他看电视，而电视没开。我看他，而他似乎不觉得我在看他。他是个身材瘦小的青年。面容倒还清秀。一件西服是新的。裤子却显得有些脏。起码半个月没洗了。一双旧皮鞋已经穿走了形。却分明的，来之前打过鞋油，尘土积了一鞋面儿。西服内是一件很薄的毛衣。领口袖口都已开线了。裤子肯定短。因为他往那儿一坐，线裤露出了一大截。袜子，在脚腕处破了。刚入冬，第一股寒流却扑入城市了。还没来暖气，几盆花在室内都冻蔫了。外面刮着五六级大风。我铺着电褥子盖着床小被。我看出他身上冷。心里也冷。想对他热情些，又唯恐一旦主动撤了防线，重蹈覆辙，带着病再次被弄到大学去，老调重弹，又胡扯一通“文学和人生”，便打定主意，此番矜持到底。如果他不开口讲出登门拜访之目的，不必问；倘若他见我病着，仍开口讲了，那么证明他是个不懂事理的大学生，应坚决地回答一次“不”！

“梁老师，我……走吧？”

他站了起来。

不说“我走了”，却用征求的口吻说“我走吧？”仿佛要走，也须获得我的允许似的。

其实我盼着他走。但不是盼着他这么说。我认为他是经过深思熟虑才这么说的。

“不再坐会了吗？”

我也是征求的口吻。

打从什么时候起，我变得虚伪了呢？

“你病着，我不多打扰了。”

“其实，你多坐一会儿没什么关系的。我病得不那么重……”

我嘴上这样说，心里却还是盼着他走。

“不。不多坐了。回去晚了，就错过学校开午饭的时间了……”

他的话说得相当认真。

“是吗?”我故意看了一眼挂钟，进一步虚伪之至地施予着我的歉意，“家里也没什么现成的饭菜，要不，其实我是愿意留你再多坐会儿的……”

“谢谢……”

他说，便往外走。

“我送送你……”

我说，并没立刻下床。只不过象征性地在床上欠了欠身而已。

听着门轻轻地关上了，我又谴责起自己来。

外面的风声似乎更响了。

如果我留他吃饭，于我并不费什么事儿。我也还没病到卧床不起的程度。于他，哪怕是喝一碗热粥，吃半个馒头，将是多么愉快的事儿呢？为什么我竟不肯给这个青年一点儿愉快呢？是的，我不认识他，素昧平生。可是这即使能够成为我不愿接待他的理由，也不能成为我虚伪地应付他的根据啊！人，人啊，中国人啊，在我们熟悉和熟悉我们的人之间，我们经常地用虚伪腌制我们的性格不算，对于我们完全不必有任何顾忌以真实的态度证明坦率在生活之中是可行的机会，我们竟也要习惯地把它变成发了馊的“疙瘩汤”一样彼此难耐的时刻。我们宁肯奉陪某些我们十分反感甚至厌恶的人东拉西扯，却对一个也许还没被生活中的虚伪毒素所污染的青年吝啬话语到了如掷千金的地步。我们往往本能地以虚伪亵渎别人的虔诚，却不愿以坦率痛痛快快地回答一个“不”字。难道我们已虚伪成性？难道我们已不会坦率了吗？否则，为什么我们在根本用不着虚伪的情况之下，竟也自以为成功地虚伪起来了呢？……

这一种自我谴责，直至儿子放学回家后才告一段落。

热了饭，打发儿子吃罢去上学，独自拿起本书，竟看不下去，又想那青年登门拜访的事。自己和自己过不去似的翻来覆去地想，倒并非因为自己多么具有“自我批评”的美德。而是因为一时不能从尴尬中解脱出来。是的，那是一种不可言状的尴尬。那青年坐在沙发上时，我不过只替他感到尴尬。并且觉得他的冒昧的结果，我是不必负什么责任的。他走了，才觉得并不尽然。才觉得当时自己也是处在尴尬之中的。才觉得那一种尴尬倒统统地留给了自己。细细咀嚼，越发地品出馊味儿。好比自己为了蒙骗别人，将一只苍蝇夹入口中吃了。开始反悔。开始反胃。开始恶心。

这一种古怪的自己对自己过分敏感的心理，使我又想起了另一件事。前几天我的中学同学来到了北京，电话里我们约好，第二天我去看他。他住在苏州胡同的机械部招待所。也就是火车站对面邮局旁边的一条胡同。可第二天我去时，却记成了“金鱼胡同”。自然在那一带转了半天也是没找着“金鱼胡同”的。遂问几个坐在平板车上打扑克的小青年。他们表示出相当大的热心。详详细细地告诉我怎么乘车，怎么转车，转几次车，最后乘几站，下了车再怎么走。总之听来特别远。这使我顿生疑心。因为我那中学同学明明白白地告诉我——就在那个邮局附近，三分钟不到的路！疑心既起，顺理成章的，接着便只能作如是之想——现在的人也太缺德太坏了呀！不知道，就摇头说不知道。知道也懒得告诉或不愿告诉，不理睬我也就是了。何苦将我当外地人，诓我上当，骗我乘车转车地越走离目标越远赶许多冤枉路呢？中国人之心理不是太阴暗太成问题了吗？于是我非但不谢他们，反而狠狠地瞪他们。边走开边回头瞪。如果目光可作伤人凶器，他们一个个是立毙无疑的了。他们被我瞪得似乎莫名其妙。在我看来那当然的是他们装的。我暗想我已识透你们的恶劣居心，岂能上当受骗！我的目光定会使你们一整天如芒在背，寻思起来就浑身不自在的。他们终于被我瞪火了，一个个以其人之道还治其人之身地也一齐瞪我。他们的目光中都有种就要发作的恼怒。四比一，我招架不住他们的目光，更怕他们真的发作起来，收了“兵器”，怀着几分阿 Q 式的精神上的胜利，扬长而去……

我想我也够死心眼的，干吗非问“金鱼胡同”不直接问机械部招待所呢？又经一问，果然近在咫尺。但那条胡同却并非“金鱼胡同”，而是苏州胡同。方顿悟，原来是自己记错了。几分钟前，闪回于头脑中的，是那四个可恶至极的“热心”青年“伪善”的嘴脸。并因了他们的嘴脸而进一步诅咒人心的不古世风的败坏。此时闪回头脑中的，却是自己频频回首作怒目金刚状的嘴脸了。便觉得自己的心理，实在的也很有些成问题。

见了中学老同学。闲聊不过三五句，就问有没有市区交通图。

答曰有。

十分急切地就请拿来看。

心想——便确凿地证明此处是苏州胡同，也不一定就可证明北京真有我记错了的一条什么“金鱼胡同”。即使北京真有一条胡同叫“金鱼胡同”，那四个青年详详细细地告诉我的乘车路线，也不见得是正确的路线吧？倘是错误的路线，那么仍证明他们有诓我上当受骗的恶劣居心。那么当时嘴脸可恶的仍是他们，而不是我自己。头脑中的几个闪回即使放大一百倍，我也不必因当时瞪了他们而自责了。

人有时候真是古怪的东西。或者微观而具体地说，我自己有时候真不是个东西。总想把恶劣彻底地推给他人。总想要把良好的与恶劣一向毫不沾边儿的自我感觉留作自己的专利。并且自己一旦怀疑自己的时候，总希望寻找到证明自己那一份儿自我感觉的根据和旁证。

这样的旁证我没从交通图上寻找到。却寻找到了金鱼胡同。进一步旁证四个具有真正热心的青年详详细细地告诉我的乘车路线，乃是一条可以说是和我们党的路线一样正确的正确路线。

于是我说："走，跟我出去一趟。"

同学愕异，问："哪去？干什么去？"

我说："去向四个热心的小青年赔礼道歉。"

遂将自己的恶劣复述一遍。

同学听罢哈哈大笑，说："老兄啊，难怪别人常道你认真，我看你也太认真了！你问西边怎么走，他故意往东支你，这样的恶劣之人，北京有，咱们哈尔滨也有。到处都有。越来越多。何止小青年！今天让你侥幸碰到了四个不恶劣的，那是你今天的意外。我可没你这么侥幸。我就上过好几次当受过好几次骗。就算你今天替我瞪了那些恶劣的吧！还赔的什么礼道的什么歉哇？"

我沉思片刻，觉得嘴上如此说说，倒也说得酣畅。而把这么一种思想方法，当成对现实的报复，似乎不是讲得通的道理。

于是又说："陪我去吧。我自己去，岂不难堪?"

同学往床上一躺，连声嚷："不去不去！你说什么也白说，要去你自己去……"

我也犹豫起来，不怎么太想赔礼道歉了。但是，头脑中的闪回，却不能因此而"渐隐"。恰恰相反，由中景而近景而特写而定格。这使我仿佛从四个青年的视角来看我自己。结果我感到视角变了，定了格的我自己也变了。变得嘴脸丑陋了。

那一时刻我是多么厌恶我自己啊。

于是我自己去找那四个青年。我知道如果我不，我肯定会在相当长的日子里不自在。好比在自己身上某一部位发现了一个可疑的肿块儿，尽管很小很小很小，小得你也可以不理会它的存在，但对于具有敏感的癌恐惧心理的人，不去找医生，不切片，不割除，从此便总是不那么安生。我想，每个人的心灵里，都是有角落的。甚至有暗角、有死角。区别在于，仅仅在于，乐于洒扫，心灵才可能是卫生的……

然而那四个青年已不知去向。

我无法再找到他们。

这竟使我很沮丧……

今天的事情和几天前的事情似乎有所不同，也没什么必然的联系。并且，作为一件事情，一件也许的确不值当寻思的事情，已然过去。却不知为什么，在我这儿，竟过不去了似的。

外面风声呼啸。

从我家离去的，仿佛不是别人，正是我自己。

躺在床上的，一向以文字和语言声称自己不能容忍虚伪的小说家，在生活中最司空见惯的情况之下，运用虚伪像运用筷子一样谙熟的小说家，又是谁呢？

没有任何人逼迫我们，我们为什么要虚伪呢？

为什么我们一方面将诚意而热心地帮助我们的人也想象得那么坏，另一方面对他人又那么缺少诚意和热心呢？缺少到了连坦率都不肯相予的地步？难道我们已无可救药了吗？……

忽然又有人敲门。

开了门，竟是一小时前离去的那大学生。

“你……”

毕竟不是我预料之中的事。我不免有些惊讶。

“有样东西我丢失在你家里！”

他说得极肯定。

“什……么？……”

“尊严。我的尊严。”

“……”

“我一直在楼底下徘徊。后来我决定，我必须再次打扰你，找回我丢失的东西。”

我不禁朝窗外望了一眼——好大的风！

徘徊？——今天是多么不适合徘徊一个多小时的日子啊！

在我听来，分明的，他的话有经过加工的痕迹。有种明显的对白腔。而且是欧式的。我推想得到，为了这三段话说得含蓄而又尖锐（也许他的本意还希望不失幽默，但却一点儿也不幽默，甚至也不含蓄），他准背着大风打过“腹稿”。大概还可能像写对话时的陀思妥耶夫斯基一样，情不自禁地演习过。因为普遍的中国人是不这么说话的。只有演员演电影演话剧时才这么说话。或者小说家这么写对话。一个人既非在演电影亦非在演戏，却接连向你迎头劈面抛出三句显然预先打过“腹稿”的“演习”过的舞台腔十足书卷味十足的话，自然是怪可笑的。

然而我没笑。不忍再笑他。甚至也可以说有几分不敢笑他。因为那一时刻，他显得那么冲动。尽管他表面装得很镇定，很持重。但我还是看得出来，他内心里异常冲动。他在微笑着，然而他的全部面肌都是僵的。他的嘴唇在抖，并且，发青。他穿得实在太少了。装得很镇定很持重，此刻对他来说真不是一件容易的事。更不是一件轻松自然的事。他的眼睛里投出坚定的，义无反顾的，不成功便成仁似的目光。仿佛真的有一颗价值连城的珠宝遗落在我家了。如果我不愿意奉还给他，他便会和我以命相拼，直拼个血溅数尺、尸横一处。

我不禁被他深深地感动了。

我从他身上看到了二十多年前的我自己的影子。

我明白一个青年的自尊如果异常敏感，那么他的心理承受能力必定也是异常脆弱的。他们可能因遭到白眼而耿耿于怀，但倘被打翻在地再踏上一只脚就不知如何是好。他们丝毫也不具备韩信那种能受胯下之辱的别种样的勇敢，也不能做到像某些古代士大夫那样可杀不可辱。他们过分看重他们的自尊乃是因为除了所谓自尊之外他们大抵再一无所有。故他们维护自尊的时候想要显示人格力量的高大也高大不起来。想幽默也幽默不成。想潇洒也不知怎样才算是潇洒。总之他们的自尊实际上还远没成熟到值得谁怀着恶毒去故意损害一下的程度。比如我对他的怠慢就绝不是故意要损害他的自尊。而他们过分敏感的自卫本能，却往往会使他们受到真的毫不留情的伤害。比如假设我正心烦，倘若对他大吼一下——“出去！没闲工夫和你演戏！”并将他推出门去，那么他又将把他自己如何呢？因为一个大前提是明摆着的——我肯定那么做了，他是想把我如何如何实际上也是不能把我如何的。那么结果必然只剩下了自己把自己如何……

我望着他瞬间思考了许多，内心里不禁地替他打了个寒战。他的自尊实际上脆弱得不堪一击。而他在自卫意识驱使之下的这一令我很意外的行为，或者说破釜沉舟的行为也未免太一意孤行带有冒险意味。当年的我为此曾付出极其惨重的代价曾头破血流至今处处疤痕。

我客气地说："不管你是来寻找什么的，到屋里坐下谈吧。"

我的客气是真的。

他傲慢地说："不必了！梁晓声，我告诉你——我将来一定要超过你！"

他的傲慢也有几分戏剧化。我一时竟分不大清那是真的假的。但是我觉得，那一种傲慢虽然显示出主动的进攻性，但在本质上仍是本能的自卫性的。而且和他要寻找回"遗失"了的尊严的气概一样，也是脆弱的，不堪一击的。甚至，只要我简单地望着他沉默不语，便会不攻自破的，刹那间崩散的。

我感到他的造访似乎成了我今天没法儿避免的遭际了。纵然我自己倒退回去二十年，我想我也不会凭着青年人的刚愎自用和过分意气用事的冲动，而像他这么做。我可能会接连几天，每天端起饭碗的时候就在内心里骂一次用虚伪的应付怠慢了我的人，却不太会第二次登门讨什么尊严。何况每个人的尊严，一生中肯定的会被伤害会被践踏不知多少次，为诸如今天这样的一件事，以像他似的如此郑重的态度兴问罪之师，倒未免太娇气了。何况我本无伤害他的尊严践踏他的尊严的居心，只不过以虚伪的应付使他感到了实际上的怠慢而已。何况我也确实有病可托，便也应该被认为多少的情有可原啊。

人被谅解的时候，往往谴责自己。人被斥责的时候，就往往开始批判别人，并替自己据理力争了。

但是我哪里还会再用反诘式的话语继续伤害这么一个自尊心敏感异常的青年呢？比如我可以说："那么就请找着你的东西包严了揣好了立刻出去吧！"如果我真的这样回敬，我自己不认为是伤害实际上也等于进行了二度伤害。

我笑了笑，说："别那么没志气。超过我好比一个孩子，指着一个侏儒说，我长大了一定长得比你高！是不是？"

他张了张嘴，欲言而未答。

我拍拍他的肩，搂着他的肩往屋里走。我觉得他还是非常希望我这样的。因为他走得很顺从。

待他在沙发上坐下，我去洗杯子。

他说："你别泡茶。泡了我也不喝。我可不是想喝你一杯茶。"

我说："要是牛奶你也不喝吗？有奶粉，很省事。"

"那我喝。"

他笑了。

当我回头看他，他立刻又不笑了。又变得表情庄严。

"梁晓声，我万万没想到你是这样的！"他急急切切地开始说，"你没情绪接待我，你可以开门见山直言相告。那我绝不会泡在你家不走！你为什么既不下逐客令，又心不在焉地有一句没一句地用话应付我呢？你理解我当时是什么心情吗？如果我是一个将来可能对你有用的人，你能这么对待我吗?”

我说：“不能。”

“你从上海复旦大学毕业，分配到北京，不也是一个默默无闻的小人物吗?”

我说：“是。现在也谈不上是什么大人物。”

“你用不着假谦逊。你刚才对待我的态度证明你内心里是把我看成一个无足轻重的小人物的。当然也就证明，你内心里是误将自己当成一个有理由俯瞰我的大人物的！你初登黄宗江家和吴伯箫家，他们是像你对待我那样对待你的吗？你在作品里，把他们写得多好哇！……”

我真想把杯子摔了！即使我招了他惹了他，那也不是我找上门去，而是他找上门来的呀！

我正色提醒他：“他们的确是两位可亲可敬的长者。你什么话都冲我说，别牵连上他们。”

“这一点用不着你提醒!”他大声说，“我看了你的书之后，也曾去找过黄宗江老师。他对我很和蔼，很亲切，很诚恳。不像你似的那么虚伪地应付我！如果吴伯箫老人还活着，我也会去找他。不为别的，只不过为了证明，世上到底有没有属于我自己的那一份儿人间温馨！现在我对你那本小册子有了另外一种看法，你借着溢美别人的方式，其实也企图达到用文学把自己描写得性格挺可爱的目的。但今天我感到你与你笔下那个自己大相径庭！你当时给我的印象很丑！躺在床上，盖着小被子，假惺惺地说：‘不再多坐一会儿吗?’你那么对待我，我还能再多坐一分钟吗？你当时整个儿是个丑陋的中国人！丑陋的中国作者！梁晓声你承认不承认?”

他这一大番话，又使我心里完全不生气了。他倒够坦率的。坦率得几乎无遮无掩，连招架的余地都不给自己留半点儿。这样的青年今天是不太多了。多的是另外一种——以十二分的虔诚当面用崇拜之类的话戏耍你，而心里却在暗加嘲笑：看他得意的！看他多么受用的样子啊！我这儿拿你开心玩呢，你当的什么真哇！俗不可耐！

“承认！承认！起码潜意识里不无你说的那种成分。”

我并未感到被当面戳穿后的难堪。因为经常分析分析自己的潜意识乃是我的职业习惯。有时甚至供朋友加以分析。好比当医生的诊断病例，即使某种病发生在自己身上，也不是不可分析的。何况我觉得潜意识这种东西，细分析起来是挺有趣的。如同解几何题一样。不但能清楚自己本质上是怎么回事，也能明白别人许多。更何况，从医学的角度讲，绝对健康的人是没有的。尼采不是就说过——地球有一种病，叫作“人类”吗?

我将茶几挪近他，将一杯牛奶放在茶几上，又说：“别急，先慢慢喝着，我给你烤几片面包。”

待我将面包烤好，用小盘儿拿进来，他已将那杯牛奶喝光了。

我估计到一杯牛奶准不够他喝，另外还给他凉着一杯，便又放在茶几上。

他显然非常饿了。或者，认为尊严已经收复，并揣在自己兜里了，似乎就心理平衡了许多，一时变得腼腆起来，很秀气地，一小块一小块地撕吃着面包。一小口一小口地，斯文地饮着牛奶。我捧起一本书看，故意不注意他，怕他不自在。这时我已经知道他是“谁”了。

静静的几分钟内他吃完了面包，喝完了第二杯奶。我问他要不要再吃一个面包，或再喝一杯奶？他说不了。说时，样子看去不但腼腆，而且显得有些羞涩。他拿起杯子要到厨房去洗，我放下书制止他。他偏要去洗，我偏制止他，结果一只杯子掉在地上摔碎了。

他的脸便红得令人同情，讷讷地说：“是我失手，是我失手……”

全没了一心收复尊严时的愤世嫉俗。

我说，按照民间的看法，客人失手摔碎了主人家的杯子，反而是主人求之不得的事，预兆着将财运临门。

他便笑了。

待他坐下，我正欲问他什么，他却又开口问我：“你家几个房间啊?”

我说三个房间。

他紧接着问为什么?

我没太明白他的意思，困惑地望着他。

他说按照我的年纪和家庭人口，在北京能住上两个房间一套的单元就相当不错了。

他的话中流露出毫不掩饰的，憎天下之不平事的抨击意味儿。

我说是的。我说原先我在北影住筒子楼时，只有十二平米一间朝北的房子，摆不开一张写字的桌子，常在暖气上垫块板儿炮制小说。那时所有到过我家的人，都祝愿我早日有乔迁之喜。现在我真的乔迁了，他们从前替我感到的忧愁，就变成有时令我特别担待不起的羡慕了。我说我这个人从内心里讲，很愿意在各方各面都和大多数人的水平一样，一点儿也不愿特殊。特殊在今天就有被列入“另册”的可能。一旦被列入“另册”，很破坏活着的情绪。

他又问你到儿童电影制片厂是为了当官吧?

我摇头说不是。

他又笑了。那种笑是很惹人生气的。似乎在说，瞧你又变得虚伪了。别忘了，你可一向是一个用文字自我标榜坦诚并厌恶虚伪的人啊!

我说真的不是。我说那时我预感到老父亲得了重病，作为一个儿子，我必须把老父亲接到北京，和我住一起，一尽孝心。而当时只有童影能为我解决房子问题。而我的老父亲一到北京，就被确诊为晚期胃癌。三个月后卧床不起，四个月后就在这一房间去世……

他仍那么笑着。他说中国文人，内心里其实都想当官。嘴上说不想当，那是假的。偏说为别的原因而当官，不过仅仅是巧妙说法。

我说我不完全同意他的话。我说当官，当各方面的官，也绝对是一种职业的正派选择。只要能当个好官，是完全不必羞于承认的。

他笑出了声。笑罢，刻薄地说："你看，人一犯急，就说真话了吧？这是个规律。你也不例外。"

我瞪着他，半天没说话。心中只有一个想法，那就是狠狠扇他一记耳光。然后呵斥他滚。因为我不喜欢刻薄的人。生活中某些男人得意于自己的刻薄，如同不知怎么个美法的女人得意于她们的会飞媚眼。倘说幽默是一种机智是一种教养，而刻薄不过是从人的心灵的疤痕渗出的瘀血。何况当时我还没有完全从父亲逝去的悲哀中解脱。在我的老父亲逝去的这一个我家的房间，他竟坚定不移地对我进行着抨击，这也太过分了啊！而更主要的，我不知怎样对待他才好。应付当然是虚伪。客气仍会被视为应付。坦诚他不相信。以刻薄回敬刻薄，他又分明的并不是对手。干脆板起冷面孔下逐客令呢，又显得自己太缺乏涵养。他就是说那些收复尊严的话时显得可爱些。吃面包喝奶打算洗杯子时也不讨人嫌。怎么吃也吃过了，喝也喝过了，尊严也彻底地算是收复了，大概身上也不觉得冷了，就又变了个人似的欺我太甚起来了呢？

我正色道："肖冰，我不想和你抬杠玩儿。你对我的批评，我已经接受了。你的尊严，你也算是收复回去了。那么咱们互相都坦率些，开门见山吧！你找我究竟有什么事？"

他的惊异的目光，便凝视在我的脸上。足足半分钟的时间内，他令我莫测高深地沉默着。仿佛我是一个极其诡诈之人，而他糊里糊涂地被我绑架到了我家里，猜不透我的企图。

我以鼓励的口吻说："讲吧！既然我们俩今天遭遇到一块儿了，你还犹豫什么呢？"

"你怎么知道我的名字？"他的神情变得相当庄重了。甚至可以说变得相当庄严相当凛然了。

"你怎么知道我的名字？"他又说。语气很傲慢，"好像到现在为止，你还没问过我叫什么名字。而我也没有来得及告诉你。"仿佛他倒成了主人，似乎我是不期而至的一个令人不快的总将谈话搞得别别扭扭的造访者。

我说："因为你刚才提到了黄宗江老师。宗江老师有一次给我打电话特别关照过我，要我好好接待你。”

“他怎么讲我的？”

“他说你是个需要格外细致地接待的青年。”

“细致？什么意思？”

“我想就是不要虚假地应付的意思吧！”

“是这个意思吗？真的是这个意思吗？”

他全身心都敏感起来。

“当然是这个意思。”我十分肯定地说，我了解黄宗江这个人。他属于那种越老越善良的人。对青年尤其如此，绝不会包含有任何刻薄的意思在话里。

宗江老师确曾因了坐在我面前这位大学生，在他造访了他之后，特意给我打过一次电话。也确曾吩咐过我，对这个青年“需要格外细致地接待”。还说：“善良是有意义的。今天生活中尤其需要些善良。不善良归根到底将与文学和一切艺术无缘。”

“他……他为什么用‘细致’这个词？”

“他有时喜欢用与众不同的修辞方法表达他的意思。”

“是这样……他还说了我些什么？……”

“他还说，他和你共同度过了一个挺愉快的下午。”

“是的是的。一点儿不错。他说的是真实情况！”

我看得分明，他暗暗吁了一大口气。由于过分的敏感所造成的紧张神态，也瞬间松弛了下来。真没想到，他竟那么在乎他给别人留下的印象！但转而想想我自己，也竟那么在乎给别人，具体说是给这个我遭遇到了的青年留下的印象！

我不禁苦笑了起来。

“你笑什么？”

“别多心，我笑我自己。”

“笑你自己？……”

“真的。”

当时我并没有领悟黄宗江老师说“需要细致接待”的含义。觉得不过是种“黄宗江语言风格”的说法。此刻我彻底地领悟了，面前坐着的是一个比小蜥蜴类还敏感的青年。别看它们有时似乎一动不动地木呆地趴在那儿，但是即使你的影子无意间晃到了它们一下，它们都立刻警觉起来，以为你打算伤害它们。甚至以为你已经伤害了他们。对于这样的一个青年，倘不“细致”地接待，简直不啻是一种罪恶吧？而他的内心里，究竟布满了一些什么样的特殊的感知神经呢，使他那么提防受到伤害，使他那么易于觉得受了伤害呢？黄宗江，黄宗江，你自己又是一位多么“细致”多么善良的长者啊！你既能陪他度过了一个愉快的下午，我何以不能使他接受些他希望接受的诚恳呢？

“肖冰，你是学生会的吧？”

“不……”他矜持地摇了一下头，“我不是。”

“那么现在起码有一点是肯定的了——你到我这里，不是为了把我弄到你们学校去对话什么的。”

这真是我的一个想愉快也不大愉快得起来的下午。有陌生的不速之客光临，却又不知他的目的何在。似乎得我自己猜。似乎得我哄着他对我说。这像是一个斯芬克斯嘛！而我可不是俄狄浦斯啊！也不愿做俄狄浦斯啊！猜不到，也许又将被认为盼望“速战速决”进而“速胜”之逐客方法。好比陪皇上下棋，输了，你是故意输的，是亵君之罪。赢了，你是一心要赢，欺君之罪。

“如果是，冒着这么大的风，我来请你了，你去不去呢?”

他又凝视着我。我觉自己仿佛被斯芬克斯石像凝视着一样。

“那，我就去。”

他古怪地笑了笑。

“我想知道，当别人来请你的时候，你是高兴去呢?还是不高兴去呢?”

“有时高兴去，有时不高兴去。”

“不高兴去的时候，也去吗?”

“十之八九，也去。”

“还要装出高兴去的样子?”

“这，有时候装。有时候不装。通常情况下，即使装不出高兴的样子，也要装出不太不高兴的样子。”

我认为我回答得够坦率够细致的了。

但他似乎仍对我的回答不甚满意。

“为什么?”

“什么为什么?”

“为什么你明明不高兴去的时候，也要装出，用你的说法，装出不太不高兴的样子呢?”

“因为我在当着别人的面的时候，总是缺乏勇气坚定不移地说‘不’!”

“怕什么?”

我想了想，老老实实地承认：“怕别人失望。”

他凝视着我，古怪地笑着，不信任地摇着头。

“怕别人对我不满意。”

“那，有没有那种时候，你明明心里高兴去，极愿意去，却装出不高兴去的样子，仿佛盛情难却，违心答应的样子?”

我想了想，问心无愧地回答：“没有。”知道可能又被他以为是虚伪之词了。

“一次也没有?”

我又反省地想了想仍问心无愧地回答：“一次也没有。”

我暗暗对自己发誓，一定要有耐性。一定不要生气。一定要诚恳地、坦率地、细致地回答他提出的一切问题。就当他是一位明察秋毫的心理医生，而我是一个心理病人吧！

“许多人坐在你面前，听你一个人侃侃而谈，你心理上就从没产生过某种自鸣得意？某种沾沾自喜？某种精神上的优越感？连毛泽东当年都对斯诺承认过，他有时产生过这种满足心理。难道那不是一种心理上的满足吗？难道你潜意识中也不曾有过追求这种满足的倾向吗？”

“这……”

他沉静地默默地耐性可嘉地期待着我的回答。

如果他是居心不良地嘲讽我多好！那我就有正当的理由换另一种态度对待他了。可他丝毫也没有嘲讽我的内心动机。起码在我看来是那样。恰恰相反，他的样子很诚恳。似乎也很单纯。一副虚心就教的样子。一副洗耳恭听的样子。一副“与君一席话，胜读十年书”的谦恭的样子。一副“斗胆”讨论讨论商榷商榷的样子。我没把握判断他的样子究竟是诚恳的还是虚伪的，也没把握判断自己对自己的潜意识究竟谙熟不谙熟了。

“你们文科大学生，都像你对弗洛伊德的兴趣这样大吗？”

我不得不以攻为守。然而克制得很好，未流露出任何所谓逆反情绪。只不过算是迫不得已的抵抗，将他的频频的发难式的问题挡回去一次罢了。

不料他说：“作为兴趣早已过去了。现在进入的是第二阶段。”

“什么阶段?”

“理论联系实际的阶段。”

我不由“噢”了一声。

“研究了弗洛伊德方知道，不研究弗洛伊德，简直等于白活了一场，不清楚人是什么东西。研究了弗洛伊德之后再研究人，好比通过显微镜观察细胞的活动，人变得有意趣多了。”

我恍然大悟。难怪他时不时地凝视我一阵！原来我在他眼里是一个被滴了显示剂的细胞。

“那么你说人是什么东西呢?”

我终于也受他的影响，也对他发生了某种研究的意趣。

“人不过是世界上最千篇一律的东西。科学工作者到目前为止，据说已发现了两枚完全一样的雪花。可是从潜意识方面来观照人，都是同样的东西。”

“何以见得?”

“怎么说呢，你回答我一个问题吧——面对那些漂亮的女人的时候，你通常作何想法?”

“指潜意识，还是指理性?”

“先从理性入手吧。这样彼此都轻松些。”

“我希望自己能获得她们的好感。能从内心里尊敬她们。

如果她们值得尊敬的话。幻想她们是我的老婆。如果没法儿是老婆，是终生俊友也行……”

“等等，等等！”他打断了我的话，狡黠地笑着说，“在男人和漂亮的女人之间，所谓友谊是不存在的。”那意思仿佛让我明白，有一句话他不过不想说出来——“险些被你滑过。”

我说：“那么扣十分！”

他说：“你的回答不怎么样。从伟人到无赖，郑重其事的时候，差不多都会像你似的回答。不过算你及格吧！再回答你的潜意识。”

我不假思索地，内心里憋着一股恶狠狠的怒气，嘴上却以一种近乎天真幼稚的口吻说：“只有一个念头。”

“什么念头？”

“强暴她们！”

“……”

我的话是一字一顿清清楚楚地说出来的。我早已看出，他明明对一切人的理性根本采取轻蔑的不承认的态度，而我真把潜意识撕给他看，他又愣在那儿。好像这样的回答，出自我之口，同样是不真实的，是哗众取宠的，是企图惊世骇俗的。好像我从我的潜意识中放出了一条耷拉着血红舌头见谁咬谁的疯狗，而他被着实地吓着了。

我瞧着他那种样子笑了。体验到某种恶作剧的快感。趁他还没缓过来，我赶紧宣布道：“你对我的研究就到此结束吧，行不行？里里外外的，你不是已经把我研究得挺透彻了吗？言归正传，你来的目的，还是要把我弄到你们学校去一次，对不对？”

怔愣的状态中，他点了点头。

“你又不是学生会的，并没有这种义务，何必多此一举呢？”

“这……以后会告诉你的……一定……”

“告不告诉无关紧要。好。我答应你。大学又不是巴士底大狱。对我来说不是什么可怕的地方。你预先给我个题，讲什么？”

“讲……文学和人生吧……”

“嘿……”

我皱了皱眉。他就不会想出个别的题来！他说人是世界上最千篇一律的东西，看来不无道理。

“我打听过，在别的大学，你不都是讲文学和人生的吗？”

他看出了我有些感到索然，便进行他觉得必要的解释。

我不无烦躁地说：“正因为老讲这一套，所以我希望换个别的什么题。”

谈话一和他发生直接的关系，他又变得对我有些尊重起来了，征询地问：“换个什么题好呢？”

我也按捺下烦躁，以同样尊重的态度商讨地说：“谈谈文学本身怎么样？比如文学观念的嬗变……”

“不好。”他赶紧予以否定，“你可能不太了解现在的大学生。或者不真正了解现在的大学生。他们对文学本身的任何问题早已不感兴趣。他们学中文那纯粹是出于报志愿时的技术性考虑。”仿佛他自己不是一名中文系大学生。

“文学和社会呢？”

“也不好。真的。也不好。社会，政治性太强了。还是文学和人生吧！比较起来，这是一个最中性的题了。”

反正我已经把文学和人生搭配在一起好多次了，并不在乎再这么多干一次，也就点了一下头，算是顺水推舟地认可了。

我问：“可以了吧？”

他说：“什么？”

我说：“你的尊严，你已彻底收复了。我作为一个东西，也大方地提供给你研究了一通。你光临我家的目的，也算比较顺利地达到了。我是不是可以希望，咱们到此为止，结束了呢？”

“可以。可以。”

他知趣地站了起来。

我便往外送他。

在门口，他反身嘱咐我：“记住，只谈人生，别谈社会。”

我连说：“一定。一定。”

“如果有人递条子，请你回答有关潜意识的问题，其实你不回答也行的。”

我说：“回答过了你，我对一切有关潜意识的问题，都敢于无所顾忌地回答了。反正潜意识只跟人生似乎有那么点儿关系，跟社会距离挺远。”

他以忠告的口吻说：“那也不能像你那么直截了当地回答。毕竟我请的是一位作家，不是一个心理变态的人。你应该了解目前的听众心理。你不讲真话，他们认为你虚伪。你连潜意识里的真相都亮给他们，他们又会认为你原来是个流氓。再说也犯不着是不是？”

我看出，他是唯恐我讲了什么不成体统的话，使他也跟着蒙受羞耻。便向他作了保证。

他迈到门外，又说：“当然，你虽然答应了我，也是可以不去的。这没什么。我不是学生会的，没有义务感，你大可不必为我而扭曲你自己。那多没意思。”

我说：“对，对。我不扭曲我自己。”

他说：“那，咱们可有言在先，是你自己高兴去的。与我，便没什么关系了。我只不过，替你带回一个愿望，传达一个信息而已，对不对？”

怎么事情竟成了这样的！

我暗想，我多贱啊！

可是，事情已然成了这样的，再改变它的性质，不知又要费多少口舌。用他的话说——“那多没意思!”

“好，好，好！很好！那么就拜托你了!”

“这没什么。小事一桩……”

我们握了一下手，他走了……

我独自闷坐，将这件事的始末，细细地回想了一遍，觉得是一件很“他妈的”的事。越细想，越觉得“他妈的”。而且，觉得完全是由于自己很“他妈的”，这件事才变成很“他妈的”的事了。更“他妈的”的是——此前我已经到A大学去讲过三次“文学和人生”了！我不成了不厌其烦地贩卖“文学和人生”的个体户了嘛！就算是这方面的专家，也没那么多可讲的了啊!

怎么他在的时候，我竟忽略了这一点呢？我恼得连连拍自己的头，后悔莫及。仿佛自己是扰乱市场价格的罪魁祸首。“文学和人生”，由于我的贩卖，成了最廉价的东西似的。我觉得这一种搭配，也就是“文学”和“人生”的搭配，是挺胡乱的一种搭配。也许“人生”，总应该还是不掉价的，但是被“文学”一搭配，如同贴错了商标的东西，怪令人起疑心的不是?

“你虽然答应了我，也是可以不去的。这没什么……”

他的话清清楚楚地在我耳边回响，如同被我的耳朵录了下来。

去？……不去？……

思想斗争了许久。决定还是要去。

某种时候你明明知道你的确是在扭曲你自己，但你却难免不这样劝你自己：唉，不就是扭曲一下吗？反正已经被别人被自己扭曲过无数次了。中国人活着都不怕，还怕扭曲吗？你既活着，又幻想不扭不曲，你不是活得太矫情了吗？你不是活得太烧包了吗？进而你甚至会得出一个足令你感到欣慰的结论：还是自己扭曲一下自己的好。具有了这种主动扭曲自己的自觉性和风格，某些事情似乎变得十分之简单了。何况，“扭曲”这个词儿，尤其“自己扭曲自己”这一种说法，听起来怪不舒服的，真的“扭曲”起来，并不像谈论的时候那么痛苦。谁看见谁被另外一些人拽着胳膊抻着腿，像扭麻绳一样“扭曲”过呢？如果“扭曲”竟是那么可怕那么残忍，许许多多的人岂不是早就自杀了吗？中国的人口，不是不必那么艰难地实行计划生育，也会大大地减少了吗？许许多多的中国人，许许多多的时候，那么习惯成自然地“扭曲”自己证明了的仅只是一点——扭曲自己，肯定的，比不“扭曲”自己，是一个便利得多的解决问题或摆脱困境窘境的方法。一个对于中国人非常切实可行，行之有效，立竿见影且又不痛不痒的方法。

不这么解释，怎么解释呢？

不这么解释我自己，这简直就对自己十二万分的困惑，从理性到潜意识都没法儿搞明白我自己了！……

在咱们中国，无论谁谈什么，总会有不少的人想听。十二亿人口哪，只要你自己不甘寂寞，你就不会有寂寞那一天的。尽管我在 A 大学已经大谈过三次“文学和人生”了，谈第四次，仍济济一堂地坐了一教室的人。三千多学生的一所大学，有十分之一的人捧你的场，你就会觉得你有忠实的听众。

可是那一天我面对他们的时候，一时感到了从没感到过的惶恐。也许是心理原因，我竟然觉得，似乎有三分之二乃至四分之三的面孔，都仿佛是熟悉的面孔。而我却正要将同一个人第四次当“对象”介绍给他们似的。

我背后也站立着些学子。

我听到他们在窃窃私议：

“一听这题目，我就知道又是他！”

“那你还来？”

“刚考完试嘛！再说宿舍里灯坏了，阅览室今天又不开门。”

“哎，这一次是谁请来的？”

“不知道……”

“据说是他自愿来的。”

“他怎么有这个瘾啊？”

“嘘，兴许他家的电灯也坏了……”

我发现肖冰坐在中间一排。和一切与“策划”此事毫无干系的人一样，一副反正没什么更正经的事儿可做的嘴脸。他还带了笔记本和笔！我发现他时，他正望着我。我们的目光一接触，他便将脸转开了，和身旁的人说什么。我的目光一掠过，他又望着我。

我便觉得被存心出卖了。

只有产生了这种心理的时候，自己扭曲自己才似乎是挺委屈的事。

主持人是这样介绍的：“同学们，请大家安静。作家梁晓声同志，虽然时间很宝贵，但对我校有一种特殊的感情，所以他自愿向我们提出一个要求，希望再获得一次机会，继续对我们谈谈‘文学和人生’，大家热烈欢迎！”

掌声竟热烈得没比。

大学生们真是最可爱的人。

待掌声停息，我面红耳赤地说：“同学们，我们的主持人对情况有所不知。其实，我虽然对大家有一种特殊的感情，但却不是自愿来第四次谈‘文学和人生’的。这一点你们可以问肖冰同学。是他前天顶着大风到我家去请我的。我被他的诚意所打动。再说……再说他是我表弟。因为这一层特殊的关系，我不能拒绝。巴尔扎克有一句名言——表弟们是千万不能得罪的……”

我确实从一本小说读到过最后一句话。但绝对不是巴尔扎克说的。哪怕是一句最寻常的甚至傻气的话，若使人相信是出自名人之口，不是名言也是名言了。所以我盗用巴尔扎克的名义，反正他已经是死人了，不认也得认了。何况他著作等身，没谁敢愚蠢地怀疑不是他说的。同时，足以证明着我自己的博览群书，强记善引不是？在我的潜意识里，大概还有某种小小的恶念作祟。因为望着一束束目光都朝“表弟”投去的情形，望着他在座位上扭捏的不自在起来的样子，我体验了一次机智地报复了别人一下的快感。最重要的，我当众澄清了不是我自愿的。而将那一种使我面红耳赤的尴尬，当众抛给了“表弟”……

隔日下午四点多，“表弟”又登门了。

我打开门，见是他，不由得一愣。依我想来，在这大千世界中，我们二人的一次遭遇，已经是一个结束了的事情。他怎么又来了呢？瞧他的样子，我断定他准又是来收复尊严的。我当他的一位表兄，我暗想，也不见得怎么玷污了他呀，又要问的什么罪呢？他那样子，完完全全是来者不善，善者不来的样子。

“梁晓声，你究竟怀的什么居心？”

他在走廊里就气势汹汹地质问。

我恐楼上楼下的邻居们听到后传播难以一一解释清楚的飞

短流长，立刻将他扯进屋里。

“你小点声儿好不好？我又怎么了？”

“怎么了？你自己还不清楚吗？谁是你表弟？我当时把话说得很清楚，希望你不要扭曲自己。还说你虽然答应了我，也是可以不去的。说我只不过负责带回你的愿望，传达一种信息。你当时不是毫无疑义的吗？你怎么当众跟我来那一套？”

我强词夺理：“那么你自己说，你顶着大风到我家，究竟是为了什么？”

他说：“不错。我到你家，的确是为了请你。但这不过是我的一个愿望。你可以接受，也完全可以拒绝嘛！去，或者不去，你有选择的充分自由和充分权力嘛！我威逼你了吗？没有。我利诱你了吗？没有。我乞求你了吗？没有。你自己有自由有权选择不去，而你选择了去，不是你自愿的，是谁自愿的？你为什么又当众说成仿佛是我死乞白赖地求你呢？你这不是卑鄙吗？……”

我一边关窗子，一边据理力争：“肖冰，你用词可要有分寸啊！你言重了！我说你是我表弟，无非想使开场白诙谐点儿，幽默点儿，谈得上什么卑鄙不卑鄙的？”

“但是你造成了我的女友对我的误解！”他的声调半些儿也没降低，“她以为我要求你说我是你表弟！她以为我不择手段攀附一位作家！你有什么了不起的？不就是在人们靠读小说打发业余时间的那几年中，写了几篇不俗不雅的小说吗？我怎么那么想攀附你？你必须对你造成的严重后果负责！你必须对我道歉！……”

这时我的老母亲从外边回来了。

当着老母亲的面，我不便发作，一笑，说：“好，好，好。我向你道歉。是我不对，使你蒙受了奇耻大辱。行了吧？”

母亲不知我做了什么亏心事，疑惑地，不安地望望我，又望望他，静静地站在旁边，忐忑地观察着事态的发展。

我说：“妈，你进屋去。没你什么事儿。”便往屋里推母亲。

母亲不肯被推进屋里去，用息事宁人的口吻对他说：“孩子呀，他要做了什么对不起你的事儿，我一定严厉管教他。你们有话都好好说，千万别争吵。俗话讲，冤家宜解不宜结是不是？……”

在我的老母亲面前，他变得有些不好意思了。忽然也笑了，礼貌地说：“大娘，其实……其实他没做什么对不起我的事。我们也不是在吵架。我们不过……不过就是在讨论问题。一时激动，嗓门儿就高了些……”

母亲见他说得心诚，消除了不安，说：“你们这些孩子哇，整天总有那么多问题要讨论。不是吵架就好。进屋去坐下慢慢儿讨论呗。”

我又往屋里推母亲：“妈，你自己先进屋里去吧！我们再讨论几句，就不讨论了。”

他也说：“大娘，我们绝对不是在吵架，您老就一百个放心吧！”

“没见过你这样的，堵着客人在过厅讨论问题！”母亲谴责地瞪了我一眼，终于进屋去了。

他低声说：“你只向我道歉不行。”

我用比他更低的声音问：“那怎么才行？”

他说：“刚才你的道歉不算数。你必须当着我女友的面向我道歉，并向她解释清楚，才能证明你的诚意。”

我说：“可以。你的话有理，就照你的话办。过几天，我到你们学校去。咱们一了百了。”

他说：“不必麻烦你再到我们学校去一次了。她今天跟我来了……”

“这……她在哪儿呢？……”

我不禁又有些发愣。

“在楼外等着。我说我记不清你家几层几门了，找准了再请她上来。我这就去请她来见你……”

不待我有什么表示，他匆匆下楼去了。

我暗自叫苦不迭。心想，生活真精彩。生活真奇妙。很“他妈的”的一件事儿，更“他妈的”了！倘若他叫上来一位“侃姐儿”，或一位比他对人的潜意识更有研究的女思想者，我可怎么应付呢？不扭曲自己也得再扭曲自己，不虚伪也得再虚伪了啊！

他请上楼来一位剪短发的姑娘。一张典型的南方姑娘的挺文静挺秀气的面庞。白衫。绿裙。一双黑色的布的平底坡跟儿鞋。整个人儿显得清清爽爽娉娉婷婷的。

为了证明自己不无诚意，我恭候在门口。

“徐索瑶。”

她笑着，大大方方地向我伸出了一只手。笑时，样子挺甜，挺妩媚。

我暗想，从外表而论，这一位“表弟”，显然是与他的女友相形见绌的。这一点竟使我感到，比和他唇枪舌剑争吵了一架心里还痛快。

我和她握了一下手，请他们双双进门后，遂按照与他预先订下的“条约”，向她说了些赔礼道歉澄清事实真相的话。

不料她笑着说：“别跟我说这些。别跟我说这些。我和他一块儿来，主要的目的，不过就是想跟您认识认识，您怎么当起真来了！”

说罢，无拘无束地在沙发上坐下了。

我便装出不知所措的样子瞧着“表弟”。意思是，你看，你也太小题大做了吧？请进一步指示吧，现在我还应该做什么呢？

他瞪着她，低声但是相当之严肃地说："原来你存心利用我？"

她说："什么话啊？这就算利用你啦？"

她说着拉他坐下。

"岂有此理！"

他一甩胳膊，甩开了她的手，红着脸往外就走。

"肖冰，你别走。你怎么能这么样说走就走啊！这……这闹得多不好？"

我挡着他，不让他走成。唯恐他真走掉了，留下另一种品味的尴尬供我独享。

他的徐索瑶却对我说："让他走。别挡着他。他想走就让他走。"

他反倒不往外走了。

她嗔了他一眼，又说："你呀，你这个人有时候顶没劲了！好像别人处处都在暗算你，存心和你过不去似的！你就不能多少有点儿幽默感？别人认真的时候，顶数你玩世不恭。别人企图营造点儿轻松愉快的小气氛的时候，你却比最讲认真的共产党员还认真，处处挑剔细节的真实与不真实。你干吗总扮演大煞风景的角色呢？"

他嘟哝："我怎么知道你心里是这么想的？……"

她不依不饶地说："那你知道了以后，为什么又生气，又要走呢？你潜意识里，有什么古怪在作祟吧？”

“没有！”他分辩道，“我这会儿的潜意识，是空白而且干净无瑕的！”

“拉倒吧！有干净无瑕的潜意识吗？尤其你们男人的！”她继续抨击他。我觉得比他抨击我的时候，更加不留情面。我暗想，大概在研究和分析人的潜意识方面，她是他的先生或导师吧？我替他感到狼狈。也替自己感到狼狈。因为，“你们男人”这句话，使我也未能幸免。事实上她也抨击到了我，或者说我也受到了误伤。不管她自己是否感觉到了这一点。

他却主动和解地笑了。

“你给我坐下。”

他乖乖地坐下了。

她用胳膊肘拐了他一下：“先把你的潜意识放一边，回到学校再细细地分析你！”

母亲闻声从另一个房间踱了出来，打开冰箱，捧着一个大西瓜，放在茶几上，热情地请他们吃。

徐索瑶从母亲手中接过刀，说：“大娘，我来我来！”三下五除二，切得西瓜七零八散。

他从旁看着，评论道：“你看你是怎么切的？有你这么切的吗？人家都是，先顺着瓜纹切一刀，然后再……”

“你吃不吃？”她又嗔了他一眼，“嫌我切得不规范你就别吃！教条主义！”说罢，捧起一块就吃。

母亲问：“甜吗？”

她连连说：“甜。又凉又甜，棒极啦！”

“你……你真岂有此理！你怎么不先让大娘一让？……”

他的语气悻悻的。

分明的，他是从内心里真对她不满起来了。

“大娘，您吃中间这一块！”

他双手捧了一块几乎无籽的，恭恭敬敬地递给我的老母亲。

“好，好。大娘陪你们吃……”

母亲搬了一只小凳，坐在他对面。

他对我的母亲说话时，我觉得他的眼神儿很特殊，很异样。眸子里聚满了温柔，语调也极其温柔。那乃是一种只有最孝心的女儿，对自己一辈子含辛茹苦的老母亲才有的温柔。那一种态度，也是不能仅仅用恭敬或礼貌这一类词来形容的。那一种温柔，仿佛使他变得十二分的女性化了。与他维护他尊严时的敏感，与他收复他自尊时的咄咄逼人，与他分析和研究别人潜意识时的刻薄的得意，与他诱使别人落入“自己扭曲自己”的圈套而不能自拔时的镇定的狡黠，判若两人。

难道还有什么别的事情，比看到他人以真挚的温柔对待自己的老母亲更愉快的吗？

那一时刻我对他产生了极大的好感。甚至完全可以说，我被他感动了。觉得他其实一点儿也不讨厌。觉得连他那种我非常不喜欢的敏感和分析与研究别人潜意识的怪癖，都是不但可以容忍而且有趣儿的了……

女大学生受到公开的批评，似乎立刻意识到了这批评正确得无懈可击，倒也没有显出多么下不了台的样子，只不过吐了吐舌头，连连说："批评得对，批评得对。本人虚心接受。"又对我的母亲笑道："大娘您别见怪啊！我自来熟惯了，总也改不了。"

老母亲说："姑娘，我喜欢你这性格。你们太拘束了，我反而就不知道怎么对待你们才好了。"

她又用胳膊肘拐了他一下："听到大娘的话了吗？我不过故意卖个破绽，给你一次反击的机会。要不你心里能平衡吗？"

他只顾庄重地吃瓜，不理她。

她瞧着他，突然咯咯笑起来，笑得他和我、我的老母亲，都十分不解。

他说："你怎么回事儿呀你？你在别人家里庄重点儿好不好？"

她说："好，好！你多庄重啊！庄重得吃着瓜的时候，也像有一百台摄影机对着你录像似的。连籽儿都不会吐了！人家又没个现成的表妹待嫁，你不是白努力争取印象分了吗？"

说得我和母亲也笑起来。

真是性格截然相反的一对儿。不知他是怎么使她成了他的女友的？或者反过来说，不知她究竟喜欢他身上哪一点？尽管他们都是大学生，我却觉得他们在本质上仍是两个孩子。两个刚刚结束哺乳期，刚刚成长到断乳期的孩子。在这个时期的孩子，男孩总爱想象自己已经阅历了世界上的一切事情，成熟得不能再成熟深刻得不能再深刻了。而女孩儿总爱故意滞留在少女阶段，想象自己永远十七八岁，二十岁是非常非常遥远的事情……

吃完瓜，他要告辞，而母亲留他们吃饭。

母亲说："今天不是星期六吗？回学校晚些不是没什么要紧吗？帮大娘包饺子吧！你们在学校里不是难得吃上一顿饺子吗？"

她看他。他看我。我对母亲说："妈，他们吃饺子并不难。"

母亲一向如此，家里来个生人就当客人，客人肯留下吃饭就高兴无比。她尤其乐于招待二十岁左右的小青年们。和四十多岁的儿子生活得时间长了，所有的母亲们都会觉得寂寞的。

母亲说："你们别看他。看他干什么？难道我还做不了主，留下你们吃顿饭吗？"

"大娘，这……"

他吞吞吐吐，不知怎么说好。

她取笑他："你当表弟的，在表兄家吃顿饭，还顾虑什么呀?"又对母亲说："大娘，我可是好久没吃饺子了，我留下。我懂事儿，从来不扫老人们的兴……"

我赶紧声明："今天我不写东西，今天我不写东西……"

后来我还是独自躲入另一个房间，关起门来写东西去了。

两个初识的大学生一边和我的老母亲包饺子，一边悄悄地相互斗嘴，不时地传来我的老母亲一阵一阵愉快的大笑。有时她也咯咯地笑，随后准能听到他的嘘声和训斥之词："你别那么大声笑好不好！这又不是在你自己家里!"

而又准能听到母亲替她不平："她笑你管她干什么？我就看不惯你们男的这么处处管束着女的！姑娘，笑吧，想笑，干吗忍着不笑？……"

我忽然认为我是应该非常非常感谢他们的。

因为我的老母亲很久很久没有那么愉快地爽朗地笑过了。

母亲是太寂寞了。正如我的不堪搅扰。

我断然放下笔，和他们一块儿包起饺子来。

从此我有了一个"表弟"，搭配着也有了一个"表妹"……

2

一年级理想主义；二年级浪漫主义；三年级现实主义；四年级批判现实主义——是大学生们自己概括总结的"校园四

部曲”。

“表弟”和“表妹”这么告诉我的。

“表弟”已经三年级下学期了。他的“现实主义”道路快走到尽头了。他的种种的关于个人分配去向的努力，似乎越来越成为不现实的梦想。他激烈地，越来越明显地处处表现出“批判现实主义”者的尖锐思想了。不过他毕竟还有整整一年的时间去寻找他在社会坐标上的那个“点”。校方倒是挺鼓励他们自己去寻找的，给开介绍信，老师给超前写鉴定。对于自谋出路之能力差的，去向无着落前途渺茫的学生，所下评语积极而且用心良苦。这种鼓励带有暗示性——抓紧时间啊，全凭你们自己啦！如同孤儿院的阿姨鼓励孩子们去寻找他们没见过面的生身父母。而在他们的周围，四年级的学生为了寻找到那个“点”，许多人疲于奔波，许多人碰得青头肿脸，许多人坚忍不拔，百折不挠地继续满社会推销自己，许多人终于认了，干脆放弃了寻找和选择的机会，听天由命地表示甘愿将自己交给上帝也就是交给国家，经由第一渠道统购统销。以有始有终的态度，在“批判现实主义”的最后一段乐章上，唱出他们告别大学校园的悲怆的低调和声，准备着“无可奈何花落去”，“壮士一去不复还”。这使某些三年级的同学不忍过分踊跃地超前地加入和他们的师兄师姐们的竞争。也使某些三年级的同学更有些迫不及待，更认为这种超前的竞争简直是当仁不让的事。于是有些四年级同学谴责他们不人道。而有些四年级的同学却变得一反常态地宽厚，说些“中国真小”之类的话聊以自嘲自慰。幸运的，对分配去向早有把握，对前途踌躇满志的人总是有的。他们为了不成嫉妒的目标严守着各自的秘密。绝不敢以自信去刺激他人的心理。有时甚至还要相陪着“为赋新词强说愁”，装出几分瞻望前程无比沮丧的失落的样子……

“表妹”大概的就属于幸运者一类。比“表弟”低一届，整天仍在“浪漫主义”的红烟紫气的环绕之中炮制着体验着她的种种小感觉。她的父亲是某沿海城市的前市长。那座城市有一处新开辟的避暑胜地。他父亲任职期间亲自接待过的北京官员和文化艺术界的名人相当不少。他们和他们，就理所当然地成了她在北京的“伯父”“伯母”“叔叔”“阿姨”们。其实她有时候陪“表弟”到我家来，于她自己而言实在是时间方面的牺牲。于“表弟”而言实在是一种奉献。于我而言，是一面镜子。因我一直对“表弟”所知甚少。他似乎也不希望我对他了解太详。有几次我试图和他聊他自己，他言语含糊地回答我。从此我不再深问。当一个从前不相干的人，事实上已经闯入你的生活里，你不总是想对他了解得更多更全面些吗？这与信赖不信赖无关。当然也不是好奇心，而仅仅是某种习惯性的心理倾向。“表弟”到我家来了几次之后，已经不仅仅是我的“表弟”，而且是母亲的“干儿子”了。母亲不乏“干儿子”和“干女儿”。有我的中小学同学、知青战友，也有弟弟妹妹们的中小学同学、知青战友和同事。他们或她们极乐于确定这种传统的民间关系。母亲也乐于。到目前为止，这种关系大抵都在良好地继续着。我现在仍不太清楚“表弟”是怎么成了母亲的“干儿子”的。我想母亲一向是很自尊的，不至于“毛遂自荐”。而“表弟”又是个内向的矜持有余的青年，尽管他每来一次，对母亲的亲近就增加十分，但却也使我难以想象他会主动说“大娘，以后我当你是干妈吧”这种话……

我只有从“表妹”这面镜子中，偶尔窥见“表弟”出于其间的某种模模糊糊的背景——一个很穷的地方，一个很穷的村子，在很深远的大山里。他是近百年来全村唯一产生的一个大学生。也是近半个世纪以来，全村唯一能有幸出现在北京的人。“表妹”这么告诉我的。

有一次母亲问起了他家乡的情况。母亲乐于向别人谈自己的家乡。一谈就没完没了。其实她不过是在缅怀自己的童年往事。因为她自从当了母亲之后就没回过家乡。家乡也没有任何亲戚了。毫无疑问的，我认为母亲她早已是一个彻底被家乡遗忘的女人了。可是母亲却似乎相信，肯定的，在家乡始终流传着关于她的种种琐碎的然而却是永恒的故事。在她的想象中，关于自己，在家乡已经具有传说的色彩了。家乡的人们怎么会忘掉当年那个敢于像男孩子一样爬到高高的树上去掏鸟蛋的小姑娘呢？她死也不信。“你不知道。你不懂。生在一个村子里的人，和生在一座城市里的人，那是不一样的。一个村子，那是最能记住人的地方。你活着的时候是哪一个村子的人，你死后仍是哪一个村子的鬼。你自己不愿回去，阎王爷也要把你打发回去。你几十年不回去，村里人几十年间念叨你。你一辈子没回去，村里人几辈子念叨着你！”母亲经常对我这么说。母亲也乐于听别人谈别人的家乡。听的时候，极其专注，极其虔诚。在这一点上，我觉得母亲像某些爱听别人讲关于鬼神的故事的孩子。

“冰啊，你上大学三年来，一次也没探过家？”

母亲是这么开始问“表弟”的。

他说没有。

“第一次离开家乡这么长时间，就不想？”

他说有时候也想，更多的时候不想。

“你们那村子有多少户人家啊？”

“十四户。”

“那是个小村子呀！村子越小，越让人装在心里，是不？”

他说是的。

“若生在一座大城市，几百万一千来万人，都当它是家乡，也就不值得你独自很想着它了，是不？”

他说是的。

“咱娘俩，越聊，越能聊到一块去！”

“妈。你聊点儿别的吧！”

我试图把话岔开。

“你一边去！”母亲生我的气了，“你不过只写了几篇小说，还没当什么大官呢，就不爱听人聊家常嗑儿了？不比活人，咱们比死人，曹操你比得过吗？连戏里的曹操，还说过‘狐死归首丘，故乡安可忘’的话呢！”

我当然也是家乡观念极强的人。但我不愿母亲和“表弟”聊他不愿与人聊的话题。有一次我顺便问他，他却反问我：“我可不可以不回答？”从此我知道了关于家乡是他忌讳的话题。

不料那一天他却说：“我和大娘聊什么，都挺投机的。”

尽管他已经是被母亲承认的“干儿子”，但仍称呼母亲“大娘”。倒是索瑶，立竿见影地废止了“大娘”的称呼，而一口一声地叫母亲“干妈”了。

“大娘，你说人心里，是能长久地装住大事呢？还是能长久地装住小事呢？”

他低声问母亲。他和母亲说话时，似乎只有母亲一个存在。即或我和索瑶一旁相陪，他也并不关照到我们的。

母亲想了想，说：“当然是小事！人心从来，只能长久地装住小事。谁都记不住他每次洗脸用多少水，但谁都忘不了他最渴的时候，在什么情况之下吮过的几口水，你说呢？”

“我说也是。我们村里人少，关系处得都挺好。可使我做梦都梦见过的，是一只老母羊……”

母亲一愣。

我也一愣。不满地瞪了母亲一眼。

他却娓娓地讲起来。他说在他之前有人离开过他那个村子。不过是新中国以前的事。但却没有一个离开的人重新回到那个地方、那个村子。他们有的为革命而死了，有的继续革命不止。村里的人习惯了被离开他们的人所遗忘。正如他们习惯于遗忘了那些人一样。他们都说，穷乡僻壤的，忘了也就忘了吧。该忘。不忘，咱们也感觉不到的。莫如被忘了。也省得咱们记着了。他说，他爷爷那一辈人活着的时候，还常常谈起那些当年离开的人。谈到全村人为谁谁凑路上吃的糠饼子。谈到将谁谁一直护送到大山以外，怕在山里独自走，被谋财害命。为了一身补丁少的衣服，当年山里杀人的事是经常发生的。你路过一个村子，可能被诚心诚意留住一宿，而第二天又在半路截住你，把你给杀了。为了你那身补丁少的衣服。留你住一宿是诚心诚意的。为了你那身补丁少的衣服而半路再截住你把你杀了，也是诚心诚意的。诚心诚意地冷酷无情地为你那身补丁少些的衣服。他说他爷爷临死的时候，还叮嘱他父亲牢记谁谁的小名叫什么。若有朝一日回村里来看，就说他爷爷咽气儿前还念叨过那个人。他说，现在他爷爷那一辈的老人们，全都死掉了。而他父亲那一辈的人，互相并不谈论当年离开的那些人，讲给他们听，要求他们也铭记不忘。父辈人认为，当年的那些事不过是历史。当年离开村子那些人，也不过是历史。没死也是历史。而且不过是村子的历史。是仅仅与上辈子人有点儿记忆关系的历史。倘若说与他们，以及与他们的子孙有种什么关系，也不过就是种牵强附会的并没什么意义的关系。

他说时表情淡淡的，语气也淡淡的。低着头，仿佛是和母亲同样年纪的老人，讲述某件旧家具的来历似的。而别人要将它卖了或拆了，可继续摆在哪儿，却是任随别人的便的。

我想起母亲对我教诲过的：一个村子是最能记住人的。觉得如果也对“表弟”说，不知他会作何表示？

他沉默片刻，话题一转，接着说：“但是有一只羊，有一只老母山羊，我却经常缅怀着。当我六七岁的时候，和村里的几个孩子都得上了一种怪病。不吃、不喝、发高烧。从早到晚昏睡不醒。村里穷得连一头驴、一辆破大车都没有。赶到公社卫生站去搬大夫的人回来说，好几个村都流行这种儿童病，顾不上我们村，要来也得四五天之后。当娘的都急得哭了。那只羊却救了我们几条命。羊是老村长家养的，已经老得跑不动了。但是每天还能挤出些奶。老村长就每天挤了，灌在瓶子里，一天两遍，挨家挨户给我们几个病了的孩子送奶。瓶子上用线绳扎了几道儿，谁家的孩子也不偏向，喝到线就不给喝了。一个孩子一次也就只能喝几口吧。一天两遍，一遍几口羊奶，竟维持着我们的小命儿活了下去。后来几天，那羊的奶头儿，都被老村长撸肿了。再后来，一滴奶也挤不出了。老村长就下狠心，把羊杀了。熬了羊肉汤，同样灌在瓶子里供给我们喝。奇迹似的，我们几个孩子的病，没用公社的大夫来治，一天天好转了。那是全村唯一的一只羊，也是全村唯一能算得上财富的一只羊。老村长的女儿，因为每天吃糠咽菜，没奶水。他的外孙女，刚一岁多，也是靠了那只羊的奶养活的。羊杀了，那小女孩儿整天饿得哇哇哭。等到我们几个孩子能离开家了，我们就相约，到埋羊骨头的地方，一溜儿跪在地上，全给羊磕头。全哭。好像一奶同胞的几个小兄弟姐妹，哭我们死去的妈。可怜那只老母羊，奶为我们被挤光了，肉熬成汤被我们喝光了。连骨头，都熬了一遍又一遍，直到熬得再也不见一个油星儿，熬白了熬酥了，才舍得埋掉。没人教我们去给那只羊磕头，去哭它。完全是我们几个孩子心里一致的想法。我们还在埋羊骨头的地方，用山石为那只羊垒了个坟包儿，周围栽上了几棵小树。到北京后，我最见不得的情形，就是人们围着卖羊肉串的，吃羊肉串儿。见到一次这样的情形，夜里就做一次梦。梦见当年救了我们命的那只老母山羊，咩咩地朝我叫……”

某类事情，或者某类人生经历，听老人们的回忆是一种感受，而听一个青年娓娓道来地诉说则完全是另外一种感受。因为它使你感觉某种现实虽与你并不相干，但它的确矗立在某一个地方，仿佛也在向你诉说着什么。使你简直就没法儿无动于衷。

我震惊于一颗敏感的青年的心灵，需要怎样的一种保持平衡的能力和技巧，才会将这样的童年往事完整地包容住，并且磨合成一种绵长的情愫呢？我尤其震惊于他的娓娓道来。那一种淡淡的语气，反倒使我自己的心灵感觉受到了强烈的冲撞。

“这孩子，这孩子，真没想到……那个小女孩儿呢？结果就饿死了吗？……”

母亲唏嘘了。

他笑了笑，说：“我们几个孩子，怎么会让她饿死呢？我最大，我带着他们，四处捉青蛙。我们那儿是山区，没有河，也就没地方去钓鱼。只能四处捉青蛙，熬蛙汤。蛙汤当奶，她才没饿死，后来我们就叫她蛙妹，现在已经长成大姑娘了……”

这时“表妹”来了。她见母亲那样儿，诧异地低声问我怎么回事儿。我说没什么。不过是他讲了一些动人的事儿。不过是母亲天生爱落泪罢了。

“你还会讲动人的事儿？哪天给我也讲讲！我要听。我得证明我自己还能不能被感动……”

“表妹”又调侃他。

而他冷冷地回答了她一句英语。她的脸倏地红了。

我虽然不懂英语，也知道他说的肯定是一句伤人的话。立刻打圆场，问母亲：“妈，你不是说索瑶来了，今天还包饺子吗？”

“对，对。索瑶啊，今天你拌馅儿，大娘和面。你不是说吃饺子的关键在吃馅吗？咱们今天就把关键的事儿交给你做了！”

母亲说着，站起来，以十二分的亲近，安抚“表妹”的尴尬。拉着“表妹”一只手，一块儿到厨房去了。

我低声问“表弟”：“你用英语骂她了是不是？”

他说：“我总不能当着你们的面，用国语骂她吧？”

“你骂她什么？”

“我当然不会骂她太难听的话。”

我固执地问：“你究竟骂她什么了？”

他嗫嚅地说：“相当于滚你妈的意思吧……”

我说：“听着。你必须向她认个错！我可不愿看见你们吃饺子的时候，也互相横眉竖目，谁也不理谁的样子。要不你们今后都别来了……”

他沉默片刻，顺从地站起来走到厨房去了。

母亲随后叫我，说也得分派给我一件事做。随后暗示我跟她走到门口。

“你去打酱油和醋!”

母亲故意大声这么说，塞给我十元钱，却一个瓶子也没给我。

我说：“给我瓶子呀!”

我早已不清楚家里哪个瓶子是装酱油的，哪个瓶子是装醋的了。

母亲又悄悄说：“让你去买肉馅儿!”

我奇怪，问：“你不是昨天已经……”

母亲一手捂住了我的嘴：“我原想换下口味儿，昨天买的是羊肉馅儿……”

“表弟”虽然向“表妹”认了错，那一顿饺子吃得仍不怎么愉快。吃完不久，“表弟”就告辞。

他问“表妹”走不走?

“表妹”悻悻地说：“你管我哪!”

母亲说：“你要有事，你就先走。索瑶比你来的次数少，我们娘俩儿还有几句体己话要聊呢?”

他似乎领悟了什么，便走了。

母亲遂将我撵到另一个房间，开始劝“表妹”千万不要生“表弟”的气。她说她没生气。她说她受他的伤害，也不是一次两次了。她说如果换了另外的谁，早和他绝交了。她说她就是不忍下这个决心罢了。她说她内心里有些委屈，是没法儿对人说的，都自己偷偷哭过好几回了……

她越说她没生气，只不过是有些难过，母亲越劝她。而一位七十多岁的，难免说起话来颠三倒四、前言不搭后语、絮絮叨叨的老母亲，劝一位正难过着的女大学生，有时候显然是力不自胜的事。母亲越劝她，她似乎越难过，最后竟呜呜哭了。分明的，母亲认为，她和“表弟”之间的别扭，与自己有着不可推卸的责任。母亲满面内疚地把我推入了房间，并将房门关上了。好像她已感到无能为力的事，由我接替是理所当然的。

我坐在“表妹”对面，默默期待她自己哭够。

终于她不哭了。当她掏出手绢擦泪痕的时候，我问：“哭够了?”

她难为情地笑了笑。

我又说：“你看，你也没给我表现的机会，就帮助我完成了任务。”

她说：“我长这么大，从没惹谁用那种话骂过我。英语也不行！就算我是自讨没趣儿，我妈又怎么他了？我当时不过没话找话儿，纯粹想跟他开几句玩笑，引逗他快乐点儿罢了！他经常那么满脸旧社会的样子，和他在一起，我觉得都快把我影响老了……”

我说："他不是已经向你认错了嘛！他这人性格是有点儿怪，你应该比我更了解……"

我正打算起身去向母亲交差，不料她问："梁老师，你就不想更了解他吗？"

我看了她一眼，见她请求地望着我。

在我家里，从她第一天出现在我家起，就半真半假地，戏谑地称我"表哥"。我已习惯了。而且内心里也将错就错地承认了。忽然她叫我"梁老师"，同时问那样的话，使我感到，"表弟"也许早就令她苦恼了。也许早就是她的某种负担了吧？否则她何以会那么望着我呢？我暗暗替"表弟"预测到某种危机，缓缓地又坐下。

她却犹豫起来，不开口了。

我说："你讲吧。我当然想更了解他一些。尽管，我是通过他，才认识你的。但也是通过你，才多多少少地了解他的。是不是？"

她点了点头表示承认，又思考再三地说："我告诉你的。你可千万要装作一无所知，更不能对他讲。他猜到了会恨我的，真的。那我又何苦呢？"

我信誓旦旦地说："一定。"

她说，他家的生活至今仍很穷苦。他家乡的生活至今也仍很穷苦。她说，在全校，有一些来自穷苦地方的学生。可是绝不会再有另一个学生，来自比他的家乡更穷苦的地方了。她说那一种穷苦的现实，是许多城市里的人难以想象，因而也根本不会轻易相信的。所以他从不对别人讲。她说即使在大学校园里，对来自极穷苦的地方的同学，周围其实也是很少有发自内心的真诚帮助。她说同学之间情感的冷漠、互不关心，往往也是表现得咄咄逼人，令人不寒而栗的。何况那些来自极穷苦的地方的同学，大多性格都有些与众不同，自尊心也都异常脆弱而且敏感。他们又大都以独往独来的方式软性自卫。即便有些家庭生活条件优越的同学，发自内心想要在钱物方面对他们偶尔予以周济，也不敢轻举妄动。唯恐被理解为廉价的同情，甚至被误解为贵族式的施舍行径。而一旦不被理解，甚至被误解，注定会引起他们内心里的逆反。如果这样的事发生在女同学之间，逆反也就是逆反而已，倒也没什么大不了的。但发生在男同学之间，有时就不仅仅是逆反不逆反的问题了。何况普遍的大学生们，家里的经济情况即使并不穷苦，也是谈不上多么富裕的。生长在城市的大学生，尤其男生，哪一个家庭每年不寄给他们八九百元？只靠助学金，他们简直在大学里就会变得像些叫花子。六七百是最少的，就是每年一千多元，他们平时还是会觉得钱很紧。他们买书的时候，需要下很大的决心。一些十几元二十几元一本的工具书，再想买，往往也只能叹息一声作罢。谁都很难慷慨到拿父母的血汗钱去周济别人的地步啊！她说她认识“表弟”，就是因为有一次发现他偷书。而那时她已知道，他是学校文学社负责诗歌的编委，在喜欢诗歌的同学中有着一定的威望。而且她已经是他默默的崇拜者。当然，她所崇拜的仅仅是他的诗，不是他这个人。

“其实那也谈不上是崇拜。只不过是认为他写的诗有种真情罢了。他在文学社的刊物上发表过一组情诗，总题是《不为爱活着》。什么——爱我的少女/我不爱她/我不爱她/她无奈，我亦无奈/在无奈的无奈中/我不为爱而活着/却也乐于/为爱而死去……当初我喜欢他的诗，喜欢得要命。我刚跨进大学校门，一心准备爱上一个人，或被一个人所爱。体验像韦唯唱的那样，爱得死去活来的感觉。高考前，我都快变成一台紧张的学习机了。考上了大学，人似乎也松弛下来。尽管事实上完全松弛了，但还是觉得松弛得不够。好比一个害了一场大病，伤了元气的人，不来一针强心剂，仿佛就不能从虚脱状态恢复。我并不是一个天资很聪明的女孩子。我竟会考上大学，对我自己来说都是一个奇迹。从小学三年级起开始知道刻苦，其后整整九年啊！考上了重点中学接着考重点高中。九年间整个人上足了弦，一刻也不敢松弛，你就仔细想想吧，绝不比有工作的人轻闲自在！我讲这些你能理解吗？……”

她似乎讲得有些累了，长长地喘了口气。

我说：“能理解。”

“我刚才讲他，讲到哪了？”

我说：“讲到你当初多么喜欢他的诗。”

她说：“现在我是一点儿也不喜欢他的诗了。那也算诗吗？可我当初认为他将来准能成为一名大诗人！”她自嘲地苦笑了一下，“有一次我坦率地告诉了他，我觉得他根本没有什么写诗的才情，也根本没有什么能成为诗人的希望。而且坦率地告诉他，别人也开始这么认为了。”

我暗想，姑娘，我要是你，绝不会这样做。你的失望，是你的错。并不是他的。你把你的错转移给别人，这不公道啊！

“他生气了吧？”

“他没生气。他说：‘我为什么非得成为诗人呢？’以后他再也不写诗了。并且再也不肯当文学社的诗歌编委了。”

我觉得，对这件事，我就没有表示什么看法的必要了。

“我怎么竟讲起他的诗来了呢？我都忘了，是从哪儿讲岔开了？”

“从他偷书。”

“对。是从他偷书。你一点儿也不觉得惊讶吗？”

我说：“不。我不觉得惊讶。”我读大学的时候，因为囊中羞涩，也产生过偷书的念头。

她倒是很惊讶地瞪了我一会儿，接着说：“那一天同学替我取出家中寄来的钱。刚给我。是一张一百元的。因为穿着裙子，上下没个兜儿，就夹在笔记本里了。然后又直接到图书馆去看书。不知怎么搞的，钱又被夹在书里了。那是一本《中国古典小说鉴赏词典》。很厚。大概定价要三十几元。我要离开图书馆的时候，发现钱不见了。一想，准是夹到那本书里去了，立刻到书架间去找。恰巧看见一个人，正从敞开的窗子往外钻。同时发现那本书已不在书架上了。不跳窗，是不可能将那么厚一本书带出图书馆的。我断定那个人肯定是个偷书的贼。刚要喊，又一想，万一是镶玻璃的工人呢？万一那本书在另一个人手中正看着呢？图书馆在二楼，哪个偷书的贼，为了一本书便冒险从二楼往下跳呢？闹得虚惊一场，岂不是贻笑大方吗？我也从窗口探出身瞧，见那人正从阳台上冒险攀向三楼一间教室的窗口。我们的目光碰在一起。我认出了他是谁。那一时刻，不知为什么，我决心不喊了。虽然我已知道那本书为什么不在书架上了。发现了他偷书，我自己倒显得慌张了。离开图书馆的时候，管理员见我神色异样，起了疑心，一直用目光把我盯到门口。如果那一天我带了书包，说不定会遭到检查。我一走出图书馆，就噔噔噔往三楼跑，一口气儿跑到三楼那教室门口，想在门口堵住他。可是教室里静悄悄的，熄着灯。几分钟后还不见他出来。我推开门一看，见他的影子正站在窗台上，由于窗子的推轴锈了，只能开到一小半的程度，他没法儿钻进来。我赶紧跑过去，从里边替他推开了另一扇窗，帮助他钻了进来。幸亏是晚上。否则他早就被发现了。他说：‘谢谢你。’我说：‘不用谢。谁在这种危险的情况下都会帮助你。你把钱还给我吧，那是我这个月的生活费。’他问：‘什么钱？我不明白你的话。’我说：‘你借的这本书中，夹着我的一百元钱。’我把‘借’字，说得很强调。他一翻书，果然翻出了钱。他又说：‘对不起。我不知道。真的。’我说：‘我相信。别解释了，快离开这儿吧！’我接过钱，转身便走。虽然我们说话时离得很近。但我却看不清他脸上当时是一种什么样的表情。事实上我始终垂着目光，并不敢正视他一眼。仿佛偷书的是我自己。回到宿舍，我的心还怦怦乱跳。我有些暗暗后悔自己的做法。觉得无形中，我也参与了他的盗窃行为似的。但我还是下决心，只要不被查问到头上，对什么人都不说这件事。好像也是在为自己保密似的。以后我又见过他几次。他总是远远地就绕道而行。躲不开，则点一下头，加快脚步与我匆匆擦肩而过。忽然有一天，我心血来潮，突发奇想，也写了一首诗，装在信封里，填上他的名字，寄给了文学社。其实完全可以直接送去，但我思忖再三，还是采取了寄的方式。并且，在诗的下面，还注了一句话——‘你认识我。因为我帮助过你。’分析起来，在我的潜意识中，一定闪过一个可耻的念头，那就是何不利用他一次呢？你看，我什么都对你讲了，你不至于鄙视我吧？”

我说："不会。我觉得这一切都挺孩子气的。"

"孩子气？你这么认为？可不，就是太孩子气了嘛！"

"几天后，他把我邀到了文学社。在只有我们两个人的情况之下，他和我面对面坐着，郑重其事地谈我的诗。他问我：'你自己觉得你的诗如何？'我谦虚地说：'写得不好。我刚开始对诗发生兴趣。'他说：'我同意你的看法。现在请回答我第二个问题——为什么要把自己明知写得不好的诗寄来呢？而且为什么偏偏寄给我，还要加上那么一句话呢？'我万万没有想到，他竟会这么直截了当地，面对面地问我这样的话！我一时语塞，不知怎么回答才好。'让我替你回答吧，'他盯着我的眼睛，低声地，但却几乎是一字一句地说，'你想利用我，是不是？'我觉得全身的血一下子都涌到脸上了，霍地站起来，恼怒地说：'你诬蔑我！我才不是你想象的那种人。'他说：'你别冲动。如果你的确不是我想象的那种人。这件事就好办多了。我现在正式把你的诗退给你。我们虽然办的是个小小的油印刊物，但也是有水平线的。'我一把从他手中夺过我的诗，三下两下，撕得粉碎，往地上一扔，转身就走。在门口，我气势汹汹地对他说：'你完全是做贼心虚！'他冷冷一笑，说：'这话可能也同样适合你。不错，我做过一次贼，可是此刻并不心虚。'我跑出去，又羞又恨，气得躲在一个背人的地方哭了一通。我想我得把我的诗找回来。一片碎纸片儿也不能留在那儿。万一又被他收集起来，以后有机会就拿出去示众，既贬低了我，同时又证明他的原则性呢？我才不给他机会！这么一想，我又回去了。他果然已在粘我撕碎的那几页纸。我冷笑着说：‘我想到你这一手了！所以我又回来取我的诗。你白白效劳了不是？’他有些困惑地瞪着我。不待他说什么，我夺过自己的诗便走……”

母亲给她送了一杯茶进来，转了个身，却不马上离开，分明也很想坐下听听。

我说：“妈，厂里放电影。你闷了，就去看电影吧！”

母亲怏怏地说：“那好，我去看电影。索瑶，心里有多少委屈，都跟你表哥聊聊。他毕竟比你们大几岁，或许能帮你参谋参谋……”

母亲走后，她喝了一口茶，试探地问：“表哥，我不是在耽误你的时间吧？”

我说：“不是。”

我想，你讲，我便听。你不讲了，我也不多问。每个人某些时候，都会产生强烈的诉说愿望。在火车上、在旅馆之类的地方，许多人在诉说愿望的支配之下，向刚刚认识的人毫无保留地倾谈自己的一生，而且唯恐对方听烦了。诉说某些时候不但是人的一种愿望，也是一种快感。我觉得她已处在从愿望嬗变到快感的心理弧度上，我不好不奉陪。何况这是母亲给我的一项任务。由我完成，总比由母亲完成效果理想一些。

她又认真地说：“那，真耽误了你的宝贵时间，可完全是你自己的责任啦!”

我说：“难道你看出我听烦了?”

她笑了。

此时她情绪已经稳定多了。我暗自认为她开始时未免夸大其词。起码我听到此刻，还没有觉得她真的陷入了什么不幸的情感旋涡。她讲出的一切，在我听来，不过挺好玩的。如此而已。仅此而已。

“我一边走一边重看我那几首诗，自己也觉得真的不好。他为我改了十几处。经他一改，似乎有了点儿意味了。韵律工整了。但也强不到哪去。而且，他替我贴得相当细致。大概，他是想找个什么机会，再来当面退还我一次。我忽然惭愧起来。谴责自己把别人想象得太坏了。这件事，并没有使我原先的决心动摇。我对自己说，索瑶，索瑶，你已经替他的不光彩行径保守了很长时间秘密，你就保密到底吧！否则，你就成了一个卑鄙的人了！以后，我们再碰见，情况反了过来。不是他躲避我，而是我躲避他了。你觉得这可笑吗?”

我摇摇头。

“你信缘分之说吗?”

“我很信。”

“我从前不信。可是自从和他有了这种……关系（她似乎极不情愿用‘关系’两个字）我开始信了。可是我想不明白，大学里男同学那么多，对我表示过好感的也不乏其人，为什么偏偏是我和他之间，或者反过来讲，大学里女同学那么多，为什么偏偏是他和我之间……你明白我的意思吗？”

“明白。”

“人们所谓的缘分，究竟是由谁决定的呢？难道真有上帝吗？”

我早已习惯了大学一二年级的学生，尤其是那些放下尼采和萨特，转手就捧起琼瑶的女学生，提出比这类问题更天真更幼稚更没有意义的问题了。

我不假思索地说：“信其有便有，信其无便无。信其有，比信其无，看问题的方法也许更简单些。每个人都可以认为自己就是自己的上帝。却没有一个人临死的时候仍保持这样的自信。”

“去他的上帝吧！本来，过了些日子，我就把他给忘了。我还从来没向你提到过我的姐姐吧？”

“没有。”

“我姐姐在另一所大学读研究生。亲姐姐。比我大五岁。暑假期间，我和姐姐到黄山去玩儿。全国各地方的大学生们，似乎在支持国家的旅游业方面，热情都高涨得没比。黄山附近的农民，就有了第二职业。你去过黄山吧？”

“去过。”

“几次？”

“一次。”

“我那次是第二次去了。第一次是跟同学一块儿去的。姐姐已经去过好几次了。但是我们姐妹从没一块儿去过。所以姐姐动员我，和她一块儿再去一次。你去的时候，见过农民怎么背旅游者上山的情形吗？”

“见过。背上负一把竹椅，请旅游者坐在竹椅上，把他们背上去。一次五元钱。”

“你坐过吗？”

“没有。”

“早已经不是五元了。我去那次，已经十五元了。现在可能更贵了。姐姐说，她前几次去，是登上山顶的。这一次，应该‘坐’上山顶才对。‘坐’上山顶比登上山顶，一定会有很不同的观感。两种不同的游览兴致都满足了，以后就不来了。再放假该到峨眉山去欣赏佛光了。和我在一起，姐姐一向是以决策人自居的。姐姐雇了两名背夫，她将我唤到她跟前时，两名背夫都蹲在地上，等待我们坐到竹椅上去。姐姐先坐了上去，催促我也快点坐上去。我见那另一名背夫身体瘦小，犹犹豫豫不敢坐上去。怕他半路力气不支，把我摔落山谷里。而那背夫却固执地蹲着不起来。他像奴仆一样低着头。他说：‘小姐，请放心大胆地坐吧！虽然我瘦，但是有瘦人的干巴劲儿。我每一步都走得谨慎，会绝对保证小姐的安全的。’他说话的口音，完全是山里人的口音。在姐姐的催促下，我终于坐了上去。两名背夫一前一后，始终保持几步远的距离。姐姐在前，我在后。姐姐不时回转身为我照相。姐姐每拍一次，就要求背夫们停一次。‘索瑶，笑一笑!’‘索瑶，看镜头!’‘索瑶，指远处!’我每一次都得按姐姐的话作各种状。登了一个多小时以后……”

我纠正她是背夫们登了一个多小时后。

她说：“随你怎么认为。我知道你是怎么看这类事的。我既然毫无保留地讲给你听了，就不在乎你怎么看。我从包里取出易拉罐饮料喝。背姐姐那名背夫，坐得离我们很近。背我的那名背夫，坐得却离我们挺远。似乎并不太愿意和我们坐在一起。姐姐笑指着他说：‘索瑶，我的，要比你的，看样子可靠多啦！你可要提防点噢。别在我光顾看山景的时候，让他把你给背回家去!’她的背夫听了嘿嘿笑。姐姐取出一听饮料，给了她的背夫，又指着我的背夫问：‘你们一个村的?’那背夫摇头说不是。说不知另一个背夫是哪地方来的。说他去年前年这时候都来过。还说，小伙子人挺厚道，和黄山的背夫们都混得挺熟。哪次来黄山干这行，都挣个六七百的。说如果不是因为他人缘好，当地的背夫们哪容他来撬行，早就把他臭揍一顿赶跑了！我又取出一听饮料，走过去送给他喝。他摇摇头，将身子一转，背朝着我，故意不看我。我见他赤裸的瘦背上，被竹椅压出了几道深深的紫红的沟。我想幸亏我才一百斤多一点儿。他这是瘦马硬驮啊！我绕到他对面，又将那听饮料递给他。他低垂着头说：‘小姐，谢谢。我若渴了，有自己带的水喝。’这次，他的话，不是用山里人的口语说的。我听到的是一个熟悉的人的话。我震惊极了。可是我怎么也不敢相信。我请求道：‘老乡，抬起头吧！’他说：‘小姐，我不敢抬头。’我说：‘别叫我小姐，我是大学生。’他说：‘对于我们背夫，男的一律是先生，或者老先生。女的一律是小姐，或者夫人。大学生也不例外。’我急了，说：‘你为什么就不敢抬起头看我一眼呢？’他说：‘你当然不可怕。我不过怕你太吃惊。’我这时已经完全能断定他是谁了……”

我也早就想到了。

可是我不知该对她说什么好。也不知该对这位“表妹”予以同情，还是该对“表弟”予以同情。

我恍如从天上看到深渊，于酷暑之际中寒。觉得某种现实在恶作剧之间，将人戏耍得真是够可以的。仿佛有一股冷，在我和她都不经意间，悄悄地充满了室内。

“我喊叫起来：‘肖冰，你抬起头！’他终于抬起了头。他漠然地望着我，好像奇怪我怎么知道他的姓名。他注视着我问：‘小姐，有何吩咐？’……那会儿……我……我……”

泪水顿时从她眼中泉涌而出……

她伏在沙发扶手上，呜呜哭了……

那一种哭是心灵的哀泣……

我仍不知对她说什么好。

我瞧着她哭，一时竟无话可说。

母亲真是把这一位“表妹”和那一位“表弟”当成了什么至亲家的孩子。也许这母亲般的关心也是上了年纪的女性们的本能的自我价值的证明吧？“表妹”的伤感情绪，竟搅得她没心思看电影，门一响，我知道她回来了。“表妹”的哭声，不但引得母亲脚步急促地出现在我面前，而且动了气。

“让你劝个人，你都不会！你光会听着别人哭吗？我走时，她都情绪好了。怎么这会儿工夫，反倒哭得泪人儿似的了？你出去吧！索瑶，索瑶，别哭了！赶明儿他再来，大娘替你数落他……”

母亲洗了条湿手巾，替她擦脸。

我说：“妈，还是你先出去吧。你也不了解情况，乱干预个什么劲啊！”

我不管母亲生气不生气，将母亲“请”了出去。

我重新坐下，说：“你接着讲。”

索瑶说："我打了他一耳光……我觉得，好像不是我在他头顶上高高坐过。而是他在我头顶上高高坐过。总之，我感到从没被那么严重地侮辱过。恨不得纵身一跳，跳到山谷里摔死自己！我怎么会想到那会是他？如果我知道那是他，我会心安理得地高高坐在他头顶吗？可他分明知道他背的是谁。却还照背！这不可能只为了挣我的钱。我想，当我高高坐在他头顶的时候，他心里其实是快感的。这样的事完全可以避免。而他故意使之成为一种现实。用他存心制造的这一种现实，将我摆在丑陋辈出的位置上，使我自己审判自己。他站了起来，仍那么素不相识地望着我，仍用那么一种冷冷的语调说：'小姐，如果我使你不满意，你可以不给我钱，但是你无权打我。'我干瞪着他，气得浑身发抖，眼泪唰地淌下来了，却说不出话。姐姐的背夫跑了过来，对我吼：'你凭什么打人？有理讲理，打人不行！你不道歉，老子也扇你！'样子变得特别凶。姐姐也跑过来了，也对我嚷：'索瑶你干什么？无缘无故的，你为什么要打人家？你说话呀！'我对姐姐说：'我恨你！'姐姐就扇了我一耳光。这时前前后后的游人，聚拢在我们周围了。另一个背夫，向人们哇啦哇啦地叫喊：'我们是按劳取酬的人，不是奴才！自从这黄山开放以来，还没见过敢扇我们嘴巴子的呢！何况没做错任何事，没摔了她，更没对她耍流氓！……'一时公理都站在那背夫一边。我没法解释。也向人们解释不清。我能怎么对人们说呢？能说：‘他是我同学，所以他背我，我就该扇他’吗？

“‘还戴着校徽，是大学生呢！’

“‘长得倒文文静静的，怎么这么野蛮！’

“‘不能轻易放她走，记下她是哪所大学的，一定要向她学校反映这件事！让她记住应该尊重劳动人民！’

“‘罚她款！重重地罚她！把她身上所有的钱都罚了！’

“人们都对我表示出极大的义愤。我想，大学生坐在背夫头顶的情形，肯定的，早已在某些游人心底引起强烈的反感了。只不过没有时机释放。他也没想到事情会弄成这样。也和我似的，不知所措。还有人向我举起照相机准备拍照。姐姐一把用手捂住了我的脸。姐姐掏出钱包，往他手中一塞，扯着我便走。人们却仍不肯罢休，吵吵嚷嚷的，挡住我们的去路。他终于开口了，他说：‘她们是我的姐姐和妹妹，这是我们兄弟姐妹之间的事，你们别乱起哄！’他说完，扛起他的竹椅，径自下山去了。人们都发愣，呆呆地望着他的背影。我和姐姐，也趁机赶快溜了……我和姐姐，第二天就返回北京了。在火车上，姐姐显得比我更心事沉重，不断地向我问他。姐姐担心他回到学校，会将这件事在同学间张扬开，对我形成精神压力。我说那他倒不至于。姐姐问我为什么对他有这样的信任？我就将我和他认识的过程交代了一番。姐姐听后才放心了些。嘱咐我：‘你回学校一定要尽快地，主动地接触他一次。大学不是君子国，不能掉以轻心。要把话和他摊开了，挑明了。得警告他，你的态度是人不犯我，我不犯人。人若犯我，我必犯人。’还说，我如果自己没这个勇气，她亲自到我们学校去一次，替我和他进行一次谈判。我坚决地反对姐姐的建议。回到学校后，我也没听姐姐的话，主动去找他。但我总觉得，心中笼罩着一片阴影。开学前几天，同宿舍的一个女生风风火火地从外面一进入宿舍就大声说：‘索瑶，你还两耳不闻窗外事，一心只读圣贤书哪！校园里沸沸扬扬地都快开锅了，你不知道哇?’我问发生什么事？她说：‘新闻系的同学放大了一张照片，放得老大老大。能有桌面儿这么大！照片上，是咱们校的一个女同学，坐在一名黄山背夫的头顶上。不，你别误会，是背夫背负的竹椅上。她在上边笑。背夫在下边笑。都笑得咧嘴露牙的！照片旁贴着几页大白纸，钢笔字、毛笔字、彩色笔字，在上面写什么话的都有。新闻系的同学可来劲啦，据说还要组织召开辩论会呢！’我几乎停止了呼吸。我看的书从我手中掉在了地上。我忐忑不安地问：‘能认出那个女同学是谁吗?’她说：‘放成那么大的照片，能认不出来吗?’我全身都紧张起来了，追问：‘是谁？哪个系的?’她说：‘围了那么多人，我挤不上前，没看。’我猛地站起来冲出了宿舍。我一口气跑到新闻系的广告栏那儿，挤上前一看，悬在喉咙的心才算归了位。照片上的女生并不是我，也不是我们中文系的。紧张感一过，我几乎有些站立不稳。那一天我到校外给姐姐打了一次电话，告诫她，千万千万不要将她在黄山给我照的照片往学校寄。我说一旦我没收到，被别人拆看了，我就完了。以前，在学校里，最活跃的是中文系的学生。这一次，却让新闻系的学生出尽了风头。几乎每个系都有学生参加。还有不少老师、教授们也参加了。辩论进行得相当激烈。有同学认为，这件事是某些大学生天之骄子的准贵族心态的大暴露。实际上是八旗子弟纨绔而丑陋的遗风之现代标本。从根本上说与知识分子应具有的精神素质格格不入。持这种观点的同学言辞犀利，个个疾恶如仇。有同学认为，这样的一件事根本不值得进行如此严肃的辩论。时代不同了，对任何事都应持更宽厚的态度。旅游就是寻求欢悦的方式。有人从中挣钱，有人为此花钱，各得其所，没什么值得大惊小怪的。辩论这样的事本身就是小题大做，无事生非，哗众取宠，证明辩论的发起者们不甘寂寞而已。老师和教授们，只是听，没有参与辩论的。由这一件事引发开了另外的辩论：大学生究竟算不算是天之骄子。究竟什么是贵族心态，究竟什么又是准贵族心态？知识分子，在当代又究竟应具有什么样的精神素质？当代大学生究竟算不算得上知识分子？有同学说，如果像我们这样的名牌大学的大学生，都不算知识分子的话，那么我们中国当代知识分子，岂非比熊猫还少了吗？有同学说，别忘了我们还没毕业呢，不过是知识分子的分母。只能希望从我们中会产生未来的知识分子。够不够得上是知识分子，主要不是由文凭来区别的，而是由是否具有当代知识分子的思维方式来区别的。分母越大，分数越小。有同学说，这是典型的思想分类法。也是简单化的政治分类法的翻版。凡有大学文凭的，都应被视为知识分子。不过知识分子和知识分子，又另有不同而已。有保守型的，有激进型的，有专业型的，有仕途型的。好比同是一种花，品种繁多。哪一种类型，都不应自以为是，老子天下最知识分子，而歧视别种类型的知识分子。有同学说，中国当代知识分子，只有一种类型。那就是'毛'型的知识分子。谁都是'毛'，谁都不是自己的'皮'，想成为一张'皮'也根本不可能成为一张'皮'。过去是附在工农这张皮上，现在工农这张'皮'，社会地位贬值了，知识分子又转而去附国家这张'皮'，附得牢靠的，就得意扬扬、心满意足，想象自己是国家多么多么重要的一部分。附得不牢靠的或自我感觉还附不上去的，就觉得失意，觉得怀才不遇。'采菊东篱下，悠然见南山。'证明人在东篱，心向往南山。斜眼病。瞥南山，南山上又有什么呢？还不是瞥向仕途路上吗？连陶渊明、李白、杜甫甚至屈原，都是这么样的一些'毛'，何况我辈莘莘学子呢？有同学说，古今中外，知识分子从来都是'毛'。只能是'毛'。只能是

‘毛’，又委屈于是‘毛’，不甘是‘毛’，却幻想当‘皮’，那不也是一种晦暗的心理吗？更有同学说，辩论这些干什么呀？我们不过是被缓期四年的待业青年。翻翻我们学校的毕业生分配工作备忘录，八五年以前，除了有社会背景，有门路，有人际关系的不讲，分的都是哪些单位？新华社、《人民日报》社、《光明日报》社、《中国日报》社、电台电视台等等。外地的，有几个不分在省市主要新闻部门的？现在呢？能分到少年报儿童报也不错了。想分得更好些，我问问你们削尖了脑袋能去得了吗？知识大贬值的这个时代，所谓知识分子的精神状态和心理状态，除了像一条条被抛弃了的狗的心态，还能是什么心态？这一个同学的发言，使会场肃静了好几分钟。每个人都似乎忽然意识到了，坐在这里听一通有演讲癖的人进行辩论，其实是很没意义的事。正在主持人觉得怪尴尬的时候，又有一个人站起来发言了。我不说你也知道。是肖冰。他说：‘我想提醒大家注意一个事实。我们今天举行的辩论，是由一张放大了的照片引起的。我对关于知识分子的一切辩论不感兴趣。正如受着民生问题困扰的人，对民主问题不感兴趣。因为他头脑中首先不会产生那么奢侈的要求。’他的话立刻遭到一片嘘声。在普遍的大学生中，‘民主’是一个很神圣的词。还没有人，公开声明自己对民主问题不感兴趣。许多同学觉得他在亵渎他们的崇尚民主的思想。而他相当镇定。别人嘘他的时候，他就闭口不言。嘘声一过，他又说：‘我还要提醒大家注意第二个事实。那就是，那张被放大的照片上，我们的女同学在笑，而背夫也在笑。上下都在笑，就笑得很和谐，很完美。我认为可以选送参加什么摄影比赛。最好这么命题——黄山的笑。也许，那个背夫，内心里还充满了对那位女同学的感激呢，因为她使他多挣了一笔钱……’他的话还没说完，立刻有许多人站起来反对他：‘请问，把钱给背夫，而不坐在他头顶上，岂不更符合大学生的做法吗?’‘你有什么根据认为那个背夫内心里怀着感激?’甚至有人骂他：‘滚！滚出去！你大概就坐过背夫的头顶上吧？你这样的人没有资格在这里发言!’如果他以一种调侃的、风趣的、玩世不恭的态度说他那番话，也许不至于招致那样的呵斥。而他说得太认真、太庄重。听来太具有结论意味儿了。这就使许多人感到，他不但否定了一切人说过的话，而且也当众挖苦了说过话的一切人。他依然相当镇定。于是有些女同学对那些围剿他的男同学抗议——‘让人家说下去!’‘人家话还没说完呢，为什么打断人家？各抒己见嘛，凭什么让人家滚?’他那种镇定，显然大受那些女同学的青睐。也许还征服了她们的心。当时我明白了，一个人，即使他其貌不扬，即使他身材瘦小，在成为众矢之的的情况之下，能保持住一种镇定，他没有魅力也似乎有魅力了。他不英俊也似乎英俊了。比起那些平时处处故意表现潇洒倜傥，张口滔滔不绝，侃侃而谈，而听到一声嘘，就面红耳赤，立刻坐下一声不吭的才子们，他的的确确是显示出了不寻常之处。对那些伪才子们，你们作家们怎么说？”

我说：“银样镴枪头。”

她说：“当时我也不由得对他另眼相看起来。他从容不迫地进行驳斥。他说：‘你们在座的大多数，’说时，还伸手一指：‘你们过生日的时候，可以毫不迟疑地一出手就是十几元，买一个生日蛋糕。甚至，还可以一次就花掉几十元，去下馆子。可对那些向你们乞讨的男孩、女孩、老人和妇女，你们何曾表现过一点儿慷慨好施呢？你们买一个茶蛋，都和卖茶蛋的老妪讨价还价一番。你们一块儿买汽水喝的时候，难道没做过互相掩护，企图多喝一瓶的事吗？难道，我能相信你们，会白给一名背夫十几元钱，而放弃可以坐在一名背夫头顶上的机会吗？你们在这里说的是一种话，表明的是一种看法。如果真到了黄山，你们说的未必不会是另一种话，表明的未必不会是另一种看法。你们中的大多数人，未必不会也想花上十几元钱，坐在别人的头顶上，优哉游哉地登上黄山，甚至登上鲫鱼背。你们会说背夫要的钱太贵了，你们也会讨价还价，就像某些总希望买到最便宜东西的人，和市场的小贩讨价还价一样。你们心里会想，如果只花几元钱，就可以舒舒服服地坐在竹椅上，便能游览遍黄山的话，那是多么美妙的事啊！甚至也许还会想，最好竹椅有遮阳的棚盖儿！这就是你们中的某些人。你们像少爷和小姐一样花费着你们父母每个月寄给你们的钱的人，难道会对别人产生真的同情？你们知道背夫们是怎么想的吗？你们了解他们吗？就算你们把钱白给他们，他们中的多数人，也不会白收。也肯定要请你们坐到他们头顶上。因为那样，他们才觉得，那钱是自己挣的。花着也仗义。就算他们白收了，他们心里反而会暗想：他妈的，这小子跑黄山来施舍来了。大概内心里窝藏着什么罪孽吧？你要赎，你就得大方点儿，起码一百元，那也算施舍！十几元就想赎罪？你做梦吧！……'

“教室里异常静。在我入校后，只有一次的情形能和那么静的情形相比。就是有一名历史系的四年级的学生，假期在家乡犯了流氓强奸罪。开学后公安局的人到学校来进行二次宣判，恰恰也是在那同一所大教室里。大家当时的神态，仿佛又是在聆听宣判似的。他所讲的事，在大学生中是发生过的。当时除了我，我想很多人内心里都会承认那一点。但是，承认是一回事，能否承受他那种公开地面对许多人进行的，带有挑衅意味的、尖刻的、冷嘲热讽的抨击，显然又是另一回事。我想人们肯定都觉得，遭到了他的羞辱。那一时刻，他站在大家面前，显示了种毫不掩饰的目中无人的轻蔑。岂止是轻蔑，简直还包含有毫不掩饰的憎恶意味儿。仿佛人人都是伪君子。仿佛人人在他之前所说的，若不是自我表现的话，起码是没有任何实际意义的空话。我至今仍不能充分判定，当时在他自己的潜意识中，是否也有着自我表现的成分。终于有一个显然被他的话大大激怒了的学生猛地站了起来，像他每说到‘你们’两个字就指着大家一样，也指着他厉声喝问：‘你又有什么资格站在背夫们的角度信口开河胡说八道？你对那些背夫们又了解多少？你以为自己是谁？是无所不知无所不晓的上帝吗？’他目光咄咄地逼视那个人，冷笑着说：‘我当然不是上帝。但三个暑假里我都当过背夫。我在黄山背上背下的大学生研究生何止百人。我感谢他们使我有机会公平合理地挣他们的钱。有人的活法是不断地花钱。有人的活法需不断地挣钱。当他们寻找不到其他的正当的方式，就只有靠出卖自己的体力。我们都是大学生，而我是不得不面对这一现实的一个大学生。所以我尊重这一现实。’他解开衣扣，向大家转过身，脱下了上衣使大家看到他的脊背。同时他说：‘这深深的痕迹，像标志印在我身上。黄山的背夫们欢迎更多的大学生明年还去游览黄山，我将在黄山恭候诸位。’他说罢，从容不迫地穿好上衣，离开了教室。离开时，对谁都没看一眼……”

索瑶沉默了。

我也用沉默真心实意地奉陪着她。

她低声问：“你怎么看？”

我反问：“你指什么？”

她说："辩论。"

我说："一切人们进行辩论的事，本身都是没有唯一正确的定论的事。"

"那么对他呢？"

"看来大学对他和对你是不一样的。"

"你认为对他是怎样的？"

"也许是另一种炼狱。"

她若有所思地盯着我。

"他自己也是这么说的。"她的声音更低了，"辩论会以后，我想，他的孤独将会结束了。许多原先不理解他的古怪性格的同学，肯定将对他增加理解了。经济条件优越的同学，说不定由此受到启发，开始关注到某些像他一样的，大学里的'六等公民'了吧？在我们的大学里，一等公民是侨胞后代；二等公民是大公司和大企业家们的儿女；三等公民是高干们的儿女；四等公民是知识分子中的某些自由职业者的儿女，比如有个体执照的律师、医生、演艺人员、拥有专利的人们的子女；五等公民是平民子女；六等公民，便是来自僻远而穷困的地方的农家子女。我想，也许会有人创立一种什么'会社'的，以使人乐于接受的形式，关心一下'六等公民'们吧？然而我想错了。他更是一个孤独的人了。普遍的男同学们，更疏远他了。有些男同学，在许多场合，一看见他就唱'我的家乡并不美/低矮的草房苦涩的井水/男人为它累弯了腰/女人为它锁愁眉/过了一年又一年/过了一辈又一辈/……’而且只唱这首歌的上段，并不唱下段。哪一所大学里，都有那么一伙雅皮士。他们玩贵族玩得很火。有的女生穿三百多元一条的裙子，这你相信吗？你别那么瞧着我。虽然我父亲当过市长，但离休了啊！何况那不过是一个中等城市。如果没有一处新开辟的疗养地，十之七八的中国人原先想不到它的存在。你还那么瞧着我。我不能算是大学里的贵族学生。真的不是。比三等公民低，比四等公民高罢了。我认为我跟那些学生不一样。我不玩世不恭，也不纨绔。我觉得自己挺善良，挺富有同情心，挺愿意主动用心灵去理解别人的。我想，那些一看见他就唱歌刺激他的人，心理是很糟糕的。大概他们认为，他损害了他们在大学里的形象吧？所以他们要从心理上对他实行报复？……”

我却想，亲爱的表妹，这没什么可奇怪的。当穷困作为一种现实，对优越发表不敬的宣言的时候，结果得到的肯定不是关怀，而只能是敌对。这一种敌对，其实是互相的。“表弟”的做法，又何尝不是一种对他所妒羡的人精神上的进攻呢？理解、善良、同情、为自己满足优越感的施舍或为他人的奉献，是填不平这种心理沟壑的。反差越大，沟壑越深。唯一奏效的办法，是消灭贫穷。像消灭丑恶现象一样。使穷人不再是穷人。而且最好不是革命的方式。对一个国家一个民族，丑恶其实并不那么可怕，如同脸面上的疮痕。影响容貌但并不危害生命。而贫穷是另一种可怕得多的丑恶。贫穷是国家的癌迹象。如果这一种可怕得多的丑陋，和国家其他许多方面的丑陋结合在一起，就会发生“天翻地覆慨而慷”的大事……

然而我认为没有必要对她说出我的想法……

她语调缓慢地说：“几天后，那张被放大的照片上的女生自杀了。她成为大学生还不到一年。她的死，仿佛就是那次辩论的句号。我认为她的死，与发起那次辩论的学生有直接的关系。认为把那张照片放得那么大，并贴出来的人，是罪魁祸首。认为那样一种行为，是一种谋杀行为。不管他们自己是否也这么认为。然而，却没有谁觉得，对此应负有不可推卸的责任。更没有谁忏悔过。人们很快就把自杀者忘掉了，也把那次辩论忘掉了，好像什么事情都没发生过。校园里又恢复了以往的平静。每天傍晚，一对儿一对儿的，仍在树荫下、池塘边喁喁私语、卿卿我我，沉浸在浪漫和柔情蜜意之中。我也认为，他参与了谋杀。我对他又憎恨又感激。感激他在那次辩论会上，在内心里其实很冲动的情况之下，毕竟，没说出我的名字。如果，他当时指着我说：‘她，就曾高高坐在我头顶上！而且也照了相！’我想，我也肯定会自杀的。因为我的承受能力是很脆弱的。从小长这么大，我还没真正承受过什么。然而他却成了某些女学生心目中的‘拉赫美托夫’。她们都是大学一二年级的女学生。她们在背后称他‘小拉赫美托夫’。遗憾他身材未免瘦小了些。我经过请教式的询问才知道，拉赫美托夫是车尔尼雪夫斯基的名著《怎么办》中的人物。我就找来那本书看。看到三分之二还多，那个拉赫美托夫才露面。他每天晚上睡钉板，为了预先锻炼一旦被沙皇的警察逮捕，能经受酷刑折磨的毅力。除了这一个情节，书中那个拉赫美托夫并没给我留下什么感人至深的难忘的印象。但是倾心和仰慕，在女孩子中是互相传染的。好比伤风感冒的人打喷嚏互相传染一样。有些女生开始给他写情书。这使某些比他英俊得多，以才子自居的男生嫉妒得要命。这一种嫉妒，如同白马王子对流浪的乞儿的嫉妒。他们给他起了个绰号叫‘校园里的人马王子’。把他比作罗马神话中人首马身的怪物。说他只不过想从马的肚子里钻出来，加入诸神的行列，其实怀有堂而皇之地登上奥林匹斯山的野心。他要与马的身躯分离开的痛苦，其实是他自己的野心造成的。他们越是贬低他、诽谤他，那些女生越痴情地倾心于他。终于有一天我不得不对自己承认，他也钻入到我的心灵里来了。这是说不清道不明的。我只能这么解释，我被那些女孩子们的莫名其妙的痴情传染了！你仔细想一想就不觉得奇怪了。全校英俊的男生很多。经济条件优越的男生很多。自以为是才子或自以为是贾宝玉的男生很多。善于以各种方式讨女同学们喜欢的男生也很多，但像他一样，其貌不扬，却又相当孤傲；来自很穷困很穷困的地方，却又蔑视一切经济条件优越的幸运儿，并且在黄山当过背夫的，就他那么一个啊！而他对每一个女同学都一视同仁，一视同仁地冷淡，可远观不可亲近的样子。女大学生和普通的女孩子们并没什么大的区别。男性越冷淡她们，越对她们显得仿佛永远不可亲近，她们往往偏会对人家产生好感。偏想去亲近人家。你觉得奇怪是不是？……”

我说：“不，我一点也儿不觉得奇怪。对于没有恋爱过的女孩子，这其实是恋爱演习。本质上不是爱。是潜意识里的征服念头。”

“你也学会对人进行潜意识分析了！我给他写了好几封情书。但一次也没敢鼓起勇气直接或间接地交给他。一想到那么多女同学都给他写过情书，我竟自卑得要命。觉得自己哪儿能配得上他啊！觉得与他比起来，他仿佛是一块经得起雨蚀风化的山石，而自己不过是一颗玻璃珠子罢了。何况在黄山我打过他一耳光。我想，那些日子，我是为他患了单相思了。不料，有一天晚上，同宿舍的女生表情很古怪地告诉我，宿舍门外有人找我。我出去一看，是他。他说：‘我是来还钱包的……’我说：‘求求你，别在我宿舍门口谈这件事，我们找个地方谈吧！’我近乎低声下气。我想我当时的表情一定惊慌极了。他显然理解我为什么一见到他会那样惊慌。他说：‘放心，我没有什么恶意。不过好吧，听你的。’尽管他这么说了，我还是惴惴不安。觉得只要是在校园内，无论哪儿，都可能被人发现，也许会被人偷听到谈话的内容。‘心中没有鬼，不怕鬼敲门。’而我当时心中是有‘鬼’的啊！黄山的事，就成了我心中的‘鬼’。自从那个女学生自杀以后，我心中这个‘鬼’常常在梦里对我进行威胁。我竟一直把他引到了校园外。他一路默默地跟在我身后，并没有对我提出抗议。在校园外的一片树林里，我站住，背对着他开了口。我说：‘你说吧！’他说：‘我也没什么可说的啊，我就是要还你姐姐的钱包。里边有三百二十六元七角三分。黄山的事，我非常对不住你和你姐姐。你点点钱吧！’他说着就把钱包往我手里塞。我仍背对着他。我一甩手，不接。他说：‘你不收不行，我怎么能要这钱呢？’而我，已经泪流满面。你想想，我们这不是也等于约会吗？可这是怎样的约会啊！他说：‘你拒绝，我就只好把它放在你面前了！我总不能变相地敲诈勒索吧！’他真的转到我对面，把钱包放在地上了。他直起身的时候，才发现我在无声地哭。‘你……’他吃惊了。犹豫片刻，又从地上捡起了钱包。‘你别哭。你为什么哭啊！……’轮到他惴惴不安了。‘其实，我心里一直挺感激你的呀！那一次我碰到的如果不是你，而是别人，我也许早就身败名裂、臭名昭著，出现在哪儿，都被视作一个贼了！至于你那几首诗，当然也是可以发表的。可我这个人，自尊心太强了。因为我内心里太自卑了啊！除了一点儿可怜的自尊，和一切学生比起来，我一无所有啊！不错，在黄山我一眼就认出了你。当时我心里真羡慕你和你的姐姐啊！你们暑假可以无忧无虑地游黄山，而我却不得不在黄山当背夫。我承认，我当时产生了一种报复的念头。我觉得，让一些坐在我头顶上的人，内心里长久地被忏悔折磨，也是一种报复方式啊！我这种心理，不只是对你才产生的。背一切大学生们的时候，都强烈地产生过。可是你从我的角度想想，这又是一种多么可怜的报复方式啊！我……我有时也恨我自己，既当背夫，心理又这么阴暗，多坏呀！我也想像你们一样，假期无忧无虑地四处玩玩。可我得挣钱啊！我得用自己挣的钱供自己念完大学啊！我还得经常往家里寄点儿钱啊！我……我家里很穷，我们那个地方很穷啊！……'

“起初我始终一言不发，默默流泪，默默品味自己因他而感到受了伤害的委屈。可是听着听着，我的眼泪的成分变了。后来眼泪完全是为他而流的了。那一时刻，我明白了，他并不像别的女生们所以为的那样，是什么拉赫美托夫。我倒觉得他更是一个校园里的卡西莫多了！只不过他的容貌毕竟不丑陋，而是清秀的。他终于默不作声了。他蹲在了地上，样子十分悲哀。我觉得，在我眼里，他仿佛变成一个比我小十几岁的孩子了。而且，从里到外，遍体鳞伤。那一时刻我内心真是对他同情极了！怜悯极了。我不哭了。我什么委屈也没有了。我觉得归根到底，我不过是自以为受了伤害，而他才是那种真的受了伤害也只有躲在某个角落默默舔自己伤口的人！我也蹲了下去，像哄一个小孩儿似的哄他别哭。掏出自己的手绢替他擦眼泪。那一时刻我觉得自己是一个天使般善良的女孩儿。而这一种自我感觉使我都快将自己融化了。我喁喁地柔声细语地对他尽说尽说，说的都是一些傻兮兮的话，都是那种年轻的母亲抚爱被自己无缘无故打骂过的孩子的话。真的。你别笑话我。你笑话我，我也不在乎的。我现在已经比较明白，什么才是值得羞耻的事，而什么事是根本不值得羞耻的事了。接下来的事情你可以想象。在天黑的情况下，在我们两个当时那种情况下，一切事，都自然而然地发生了。那一天以前，我根本不知道温柔究竟是怎么回事儿。在我没有收到大学录取通知书时，父母对我管束很严。我看的书极少。好几年没进过电影院。父母限制我看电视。允许我看的节目，是新闻、《动物世界》、《外国文艺》和节日晚会。我也不知道一个像我这样年龄的女孩子，究竟能温柔到什么程度。更不知道自己怎样才能学会温柔。我总是很天真地想：温柔是男人的本能。当女孩子们渴望表现温柔的时候，是别的男人们将她们教会的。而直到那一天我才明白，原来温柔天生是女人的本能，而且根本就不用男人教。正如喝水不用教一样。我竟变得那么温柔，使我当时感到好幸福。真的。我觉得那种幸福那种美妙仿佛是无边无际的，由我生发出来，像一层层茧衣，包裹住了他，也包裹住了我自己。不断地再从我们两个人内心里身体里濡出来，弥漫了整个树林似的。而晚上的树林静悄悄的，仿佛也变得无比温柔了。用更加浓重的温柔，也将我们包围起来。他的温柔，却是孩子般的。我觉得他渴望一种温柔，一种女孩子给予他的温柔，好像已经渴望了一万年了。而他回报给我的温柔，只不过是一种更弱小的羊羔般的乖顺服贴。我觉得，他仿佛从一种壳里蜕了出来。那种壳，便是他平素的孤傲，独往独来，拒人于千里之外，凛然不可亲近不可侵犯似的假象。而偎在我怀里的，头依我心口的他，才是真真实实的他。他吻我像男孩子吻一个襁褓中的婴儿。他的温柔甚至是羞怯的。肯定也是他人生最初的一种尝试。偎在我的怀里，他向我讲述了他的童年少年、他的家和他那个村子，他们那个贫困落后僻远被大山囚禁的地方。他又说了一次‘我的家很穷啊！我们那个地方很穷啊！’那一天之前，没人对我说过那样的话。我也从没想过，有的人的家很穷。有的地方很穷。我们城市里的人，不太会想到那些人和那些地方。听别人讲与他不相干的穷与你更不相干的穷是一回事，听一个偎在你怀里的人讲像脐带一样拴住他的穷，又是一回事。他一说，我的眼泪又簌簌地往下滚。我觉得，他那么说了，其实也就是说了一切一切一切。那一种我从前根本没想到过的穷，虽然我依然无法想象得太具体，但却似乎是早已熟知的事了。他告诉我，他十二岁的时候，他母亲死了。埋他母亲那一天，老村长当着全村人的面，把他父亲咒骂了一通。因为他的父亲舍不得用家里唯一的一床旧被卷他母亲的尸体。而他就跪在坑穴边上，等着在母亲的尸体下葬时，给母亲磕最后一次头。父亲流着泪喃喃地说：‘被子卷了他娘，我和孩子盖什么？我和孩子盖什么？……’当年父亲就为他找了一个继母。继母比父亲大六岁。因为是寡妇，他从此多了三个弟弟。而父亲决定再娶那寡妇的想法非常单纯——三个弟弟长大了，将是能做的劳力。多了三个劳力，也许兴家致富就有指望了。他们那个地方，兴家致富的含义，也是十分朴素而实际的。能吃饱饭，有换洗的衣服，睡觉有被盖，不枕土坯，枕枕头，那便是富的标准了。然而这样的奢望并没能实现。因为第二年他的父亲也死了。他告诉我村里的人没有病死在医院的，都是病死在家里。再痛苦的病也只能病死在家里。祖祖辈辈的人没有病死在医院的。不晓得能够住院治疗是怎样的一种福气。没有一家付得起钱将病人送到省城或县城的医院。过去治病靠的是山里土生土长的巫医。现在治病靠的是乡里的草药大夫，兼用针灸。这便是过去和现在的区别了。他的父亲临死前把他唤到床前，指着继母，上气不接下气地对他说：‘你得孝敬她。你得给你几个弟弟，当一个好哥哥。要不，咱们太对不起人家母子们……’那一年他已读到了小学六年级了。父亲死后，他不想再念书了。老师到家里来了。对他的继母说：‘我教了十几年书了。学生是越教越少。到现在只剩三个学生了。三个学生中，只有这孩子是一个六年级生。我还没教出过一个能考上中学的学生。这孩子却准能考上。你就成全了我当老师的十几年的夙愿，让孩子考中学吧！家里以后的日子会多么艰难我是知道的。我一定替孩子申请免费。孩子的书本费，我也包了。’他的继母一听就哭了，说：‘虽然我和他爹只搭伙过了一年日子。但是他爹对我挺好。不冲别的，冲他死去的爹，我绝不断了这孩子的前程。是龙是虫，他自己扑奔吧！’接着便命他给老师磕头。他自己也哭了。当即跪下就给老师磕响头。磕罢站起来发誓：‘妈，老师，我将来要不出息成条龙，我不活着见你们。我自己弄死我自己！’

“他以全乡总分第一名的好成绩考上了乡里的中学。村子离学校三十多里地。可以宿校。但是他不能。因为每个月要支付二十八元的伙食费。家里根本交不起。每天，书包里带块干粮，或者几个土豆，一棒玉米，一个萝卜什么的，顶着星星去上学。披着月光回到家里。三年来风雨无阻，没缺过一天课。三年后以全乡总分第一名的好成绩考到了县高中。县高中是他的小学老师的母校。校长曾是他的小学老师的老师。开学前一天是他小学老师带着他去报到的。并且带着他去见了校长。老师对自己当年的老师说：‘老师，我对不起您当年对我的期望，十几年来，打我手下，就学出了这么一个中学生。今天我亲自把他给您带来了，但是他的成绩是全乡第一名啊！老师，怎么对待他这样的一个学生，您具体掂量着办吧！’老师说着，潸然泪落。他又想给校长磕头。校长扶住了他，没容他跪下去。校长很受感动，校长说：‘咱们县高中，贫苦的农家子女，占百分之三十多。能考来都不容易啊！破、旧，教室不像教室的样子，宿舍不像宿舍的样子，校园不像校园的样子。可每年的升学率，在百分之九十以上。是全县升学率最高的高中。连县里那些领导，都把子女送到这儿来读高中。咱们这儿就是一座龙门啊！不谈那些为社会主义培养知识人才的大道理了。只为你这一片老师的心，我一定全面照顾他。至于他能不能越过这龙门，那就看他的造化了！’

“他的老师是个发表过几篇小小说，但还没有被公认为是作家的人。老师走时，送给了他一个笔记本。老师走后，他才发现笔记本里夹着二百元钱。还有一张纸条。纸条上写着——这是我收到不久的一笔稿费。你留着急需的时候用吧。将来你工作了，再还我也行。记住，你不过是我‘创造’的一件半成品。你要成为一件成品，接下来只有靠你自己‘创造’自己了！老师永远不需要你报答，只希望你能证明，奇迹在任何地方，都是有可能被‘创造’出来的……

“他去追老师，没追上。对着老师带领他走来的，那一条蜿蜿蜒蜒，盘旋着十万大山，无尽头地通到山里的崎岖山路，他连鞠了几躬……

“在他读到高三时，老师死了。一次山洪暴发被泥石流砸死的。他闻讯后当天就回到了村里，伏在老师的坟头上哭得天昏地暗，死去活来。老师的死对他的刺激很大。高考没考好，只考了个全县第四名。他对我说，他本来应该考第一，有自信考第一的。他说，得知自己没考第一，他又哭了一场，觉得对不起老师。老师给他的二百元钱，他存了整整三年。一分也没舍得花过。带着来上学。得知一个弟弟生病，连本带息全寄回家了……

“他说他离开村子的时候，全村男女老少都为他送行。一直将他送到山口。他说那其实不像为一个离乡的人送行，倒像为一个活人送殡。他说当年和他一样，靠羊奶和羊肉汤侥幸活下来的伙伴，一个个分别和他抱头痛哭。他说他从他们的哭声中，感到了他们对他们自己的绝望，以及对于他们的生活的某种恐惧。还有对于他的，由抱头痛哭所掩饰的嫉妒。他说那一时刻他觉得自己简直是一个罪人。似乎在全体村人们眼里，他是一个注定了要遗忘那个地方，遗忘乡亲们的人。他说然而人们的目光里，却都有着一种真真实实的宽恕意味儿。和他抱头痛哭的那几个伙伴也是。他们对他的依依不舍，他们对他的嫉妒，他们对他的宽恕，一样是真真实实的。那时小学校已不存在了，被山洪冲得无影无踪了。他说全村最老的一位老妪莫奶奶，双手攥住他的一只手说：‘孩子，争口气。要奔出息，就该奔一个大出息。听奶奶的话，别走学问那条路，你要走当官儿那条路。全村人盼着你有朝一日当上个大官儿，全村人也能跟着沾点儿光啊！你可不能辜负了大家伙儿的巴望！’

“他的继母就命他给全村人跪下起誓。

“他跪下起了一个重誓，人们一个个才露出了点儿欣慰的表情。

“只有蛙妹子与众不同。似乎满心怀里只替他感到喜悦。没有丝毫嫉妒的成分。她送给了他一块羊臼骨。他知道是那头老母山羊的。她一句话也没对他说，立刻就躲到人群后，眼神儿定定地望着他。这使他受到了提醒。他又返身回到村里，伫立在老师的坟前，说：‘老师，我考上大学了！’又深深地冲着坟鞠了一躬。而后他又到埋那头老母山羊的骨头的地方，用双手，给那个坟样的土堆培了几捧土……

“他说他每年都往家里寄一次钱。他说，当然北京也是可以找到临时工的，但怎么能比得上在黄山当背夫挣的钱多呢？他说他掌握了在那条铁路线上乘车逃票的窍门。去归途都很少买全票。他还说，他好可怜那个自杀了的女大学生。那么漂亮、那么活泼的样子。只因为一张照片，就被谋杀了！是的。

时就是这么说的——谋杀了！他说偷拍了她并放大那张照片的学生全是凶手。他说发起和组织那场辩论的人们也是凶手。他说包括他自己。他说他的本心，原是想站在一个背夫的角度，替那女学生讲几句开脱的话。他说那一天也可能恰恰是他自己，对那女生的伤害最严重。他承认他内心里总怕被伤害，经常觉得被伤害了。但是，他又说，他从没产生过害人的念头。他这么说的时候，他就又哭了。而我认为他好善良啊！我陪着他哭。我们俩又抽抽泣泣地哭了一通。我感到哭过之后，如同久久地泡了一次澡，浑身软软的，却也爽爽的。似乎连灵魂也明净多了透亮多了……”

“他以后又到黄山去当过背夫吗？”

“又去了一次。没当成。黄山的背夫们不信任他了。不容纳他了。毁了他的背椅，将他揍了一顿，赶下黄山了。那一次他回到学校后很沮丧。我看出他心里憋着股火，却不知朝哪儿去发泄……”

“为什么？”

“什么为什么？”

“为什么黄山的背夫们竟那么对待他了？”

“他们怀疑他居心叵测。怀疑他不过是想捞点儿写什么纪实文学的材料。当然他们并不懂什么纪实不纪实、文学不文学的。但是总之他们对一名大学生三番五次到黄山当背夫这种他们难以理解的事儿，具有很高的警惕性。他们认定他必是打算写他们。而且认定他必是打算用文字贬损他们。他越辩白，他们越怀疑。我劝他将这件事儿看得淡一点儿。劝也没用。他不但沮丧，而且挺难过。他说，他们原本对他很友善，很照顾。有什么心里话，都愿意告诉他。没想到，却是那么个结果……”

我又觉得无话可说。我缓缓地站了起来……

她低声问：“你烦了？”

我说：“去拿烟。”

我接连吸了两支烟，才攥着半盒烟和打火机重新坐在她面前。我想我不是一个听客。对当代大学生之间的恋爱故事并不感兴趣。何况，听来听去，我也不认为他们那便算得上是“恋爱”。如果真的不是，我又何必再听下去？我的老母亲又是何必？岂非庸人自扰吗？

我说：“索瑶，你们之间的事儿，估计你再讲上两个小时也讲不完。现在我问你，从你这方面，你承认你们是一种什么关系？”

她大概怎么也没想到我会这么直截了当地问。

她勾下头沉默不语。良久未开口。

“他对我说，你是他女朋友。”

“嗯。就算是吧……”

“什么叫就算是呢？”

她又沉默不语。

“你得回答。”

“那……你说我是不是？”——她徐徐抬起了头，目光盯着我。倒好像我和她正在讨论的，是我们之间的关系。

我有些生气了。

我说：“那总不该是一场校园游戏吧？”

她的头，便又勾下了。

“你们互相间，从来也没谈过这个问题？”

她点点头。

“你连想都从来也没想过这一点？”

她又沉默不语。

“你一向，有意对他避而不谈吧？”

“……”

“难道他也是？”

“……”

“要不，以后我有更充足的时间，再听你继续讲吧！”

她又伏在沙发扶手上哭起来。

母亲又轻轻推开门望她。

我心烦地大声说：“妈，你真是！”

也许我的声音带出了一些恼火，母亲立刻将门关上。

我便又吸烟。

“那不可能……那根本不可能……”

她抽抽泣泣地说。

我只吸我的烟。内心里却感到了一阵冰凉。为“表弟”感到的。人是多么的奇怪。我早已从她的杂杂碎碎的诉说中，料定了最终的结局将是怎样的，却非要迫她亲口道出，而且腰斩了她本能地抻长又抻长的诉说。仿佛她所回避的，正是我所要直面的。我觉得她说“那根本不可能”时，艰难得全身都快抽缩成一团了。倏乎间我觉得索瑶这姑娘那么可怜。而我自己很可恶。归根到底，无论对于她这位“表妹”，还是肖冰这位“表弟”，我是谁？我究竟不过是谁？我究竟有什么权力，审讯似的介入他们的事。虽然我的动机并不卑鄙，甚至还可以说是善良的。但这一种粗暴的近于无礼的介入，难道是她应该容忍的吗？尽管我的介入也并非情愿。

我最鄙视自己充当神父之类的角色，而我已经又无形之中在这么充当了。

她猛地抬起头，瞪着我，几乎是恨恨地说：“这么告诉你，你总该满足了吧？”

“我……你擦擦脸吧……”

我躲闪着她的目光，将母亲拿给她用过的湿毛巾递向她。

她没接。她用自己的小手绢擦。只擦双眼周围。

“我受够了！”她又开始说，“我真是受够了。我是一个从不知什么是忧愁的女孩儿，而他是从一个很穷很远的地方走入大学的。我承认他走过的路途，比我这样一个女孩儿所能想象得到的，要艰难得多。我承认像我这样一个女孩儿有时仅仅因为一个人来自艰难，就崇拜得要命！如果那又是一个同龄人，我会忍不住有企图接近他的好奇心。我没什么值得谁同情的地方，所以我将同情给予别人的时候，好像将自己拥有太多留着也没什么用处的东西送出手了。有人肯接受，我就高兴。就感到愉快。甚至感到幸福。这就是罪过吗？去年我才十八岁！我知道，在我和他之间，被谴责的一方，将永远是我。但是善良也是害人的吗？与其说害他，莫如说害我！不知不觉的，我就成了他的女朋友！女朋友就女朋友吧！女朋友不就是女朋友吗？……”

“是他宣扬的？”

“不，不是他。他没这么说。”

“那么是你自己宣扬过？”

“我？……我自己也没宣扬过。我确实感到得意过。有些女孩儿想接近他，被他拒之千里。而我成功了。我承认我因此而得意过。当一个女孩儿没什么太可得意的，这就是一种最大的得意了。我承认这也是一种心理虚荣。该我承认的，我都承认。该我自省的，我都自省。但是我绝对没有将这一种得意当成件时髦的外衣穿在身上招摇过。我甚至有意识地将它收藏在我的心灵里。当然，说收藏也不完全准确。某种时候我也希望别的女孩儿羡慕我有那么一种得意。起码并不怕被人知道我有那么一种得意。甚至遭到点儿嫉妒也不在乎。这也不能算宣扬吧？反正这是说不清楚的。反正你是没法儿理解的……”

我说：“你说清楚了。我理解了。”

“你理解？”

“理解。”

“你自认为你理解了。我就相信你已经理解了吧！总之，我更希望我内心里这一种特殊的得意，能像蚌含住一粒沙似的，变成珍珠。变成一种特殊的温柔。那不但是我认为他其实非常需要，其实非常渴望获得的，也是我自己的心灵非常需要的。甚至可能比他更需要。我是指那一种温柔。一个像我这样的女孩儿，如果确信自己心灵里充满了温柔，你不知道对我这样的女孩儿又是一种多么良好的感觉。那是一种很自悦的感觉。真的。女孩儿会惊奇地发现，似乎自己忽然变得可爱多了。似乎能比任何别人更认为自己可爱。甚至会自己也喜欢起自己了！怎么说才能说得更清楚呢？仿佛哺乳期的母亲，她觉得她的乳汁饱满得要命。她觉得发胀。她渴望被一个孩子吮咂。而这时恰恰有一个断乳期的孩子。她就将他抱在怀里奶他了。我想我当时的情形可能就是那样。我想我当时可能还是在扮演织女、七仙女或珍珠姑娘什么的。我想既然是我心甘情愿地扮演使我感到自己整个人都变得生动起来了的角色，我干吗不呢？我干吗不好好扮演呢？我说我扮演，你别以为我是在做戏。我不是在做戏。我不是一个善于做戏的女孩儿。我是想说，我不知怎么的，一下子就进入角色了。我和某一类戏剧角色合二为一了。我没法儿将自己从那样一种角色中分离出来。再说，当时我对自己也认识不了这么透彻……”

“而现在你极想将自己从那样一种角色中分离出来了，是不是?”

她眯起眼睛看了我半天，好像思考我的话符不符合她现在的实际情况，但是却没有正面回答。

“我讲的是当时。我还没讲到现在呢!”她怨怨地说，似乎对我打断她的话不无抗议，“当时我真是从内心里关怀他。我不吝啬给他很多很多的温柔。我想，如果他不是个毫无良心的人，那么他任何时候也不会否认这一点的……”

我说：“是这样。起码在我面前，他一再肯定你是个非常非常好非常非常善良的女孩儿。他说如果没有你出现在他的生命里，他也许会自杀。真的。”

她又眯起眼看了我半天。

我说：“索瑶，你得相信。我对他没有任何义务。我没必要替他取悦于你。”

她垂下目光，喃喃地说：“这我当然相信。他对你说过的话，也曾当着我的面，亲口对我说过。他说他的确产生过好几次自杀的念头。他说他有时候对自己十分困惑。说在家乡的时候，无论生活多么苦，多么没快乐，却从未产生过不想活的念头。他说他那个村子里，六十年代饿死了十几口人，以后二十多年内病死了不少人。怎么死的都有。有把从乡卫生所偷的酒精兑上井水当酒喝醉死的。有因为被水蛭叮了感染而死的。有吃地瓜噎死的。就是没有自杀的。他说尽管他们那儿的人，命都很不值钱，却都很怕死。一旦知道自己要死了，或者怀疑自己要死了，连平时最刚强的男子汉，都会怕得像孩子一样哭起来。他说他不明白为什么自己来到了大都市成了大学生，反而常常不想活下去了。我知道，他自己非常清楚为什么。有一次，我让他陪我到一座饭店去看望我爸爸的一位老首长，我正在大厅打电话，一转身他不见了。他连告诉我一声都不，就撇下我走掉了。我回到学校只不过责备了他几句，他却对我大发脾气，说我不该带他到那么豪华的地方去。就像我是带他到一个什么下流的场所去了似的。而那不过是一座三星级的饭店，如今哪个大城市没有几座三星级的饭店？‘你怎么不替我想想，在那种地方，我是一种什么感觉？’他对我直吼，‘我觉得我好像一只苍蝇！苍蝇！一只苍蝇你懂吗你？我根本就不想知道中国有那么豪华的地方！苍蝇配出现在那么豪华的地方吗？’还有一次，我在街上偶然看见了一个收旧家具的，平板车上摆着一台收到的旧电视机。十四英寸，黑白的。正好那天我身上带着钱，是我平时从自己的生活费里节省下来，准备去买一台中档录音机的。我就用二百七十元，将那台旧电视机买了下来。捧着那么大那么沉一台电视机，转了几次车才回到学校，衣服都被汗湿透了。我一换下衣服，顾上不洗把脸，就这儿那儿找他。找到他，高高兴兴地告诉他，我给他买了一台电视机。他却无动于衷，问我为什么要买。我说：‘是给你家买的。再放假，你无论如何也该回去探一次家啦！带回一台电视机，尽管是黑白的，尽管才十四英寸，家里人也会喜出望外的！’你能想到他是怎么说的吗？他反而板起面孔问我：‘让他们从电视机里看看，外面的世界很精彩？然后使他们绝望，自己的命运很无奈？这未免太冷酷了吧？’我说：‘你怎么可以这样想呢？有了一台电视，起码可以使他们的生活增添一些娱乐吧？’他说：‘把两种现实差距比照在一起，你认为他们在穷困之中，会从别人的五彩缤纷的生活中获得什么娱乐吗？’我说：‘是黑白的，谈得上什么五彩缤纷吗？’他说：‘你还把他们当人不当人？你以为他们像动物似的连一点儿想象力都没有？他们就不能从黑白中想象出彩色来？如果近在眼前，看得见则可望而不可即，那么想象是不是一种变相的虐待？’我气得再说不出一句话来。而他一说完就走了。只留给我四个字是‘恕不感谢！’那天我哭了一场。如今那台电视机还摆在我宿舍。六个人同宿舍。三个人共一张桌子。谁也不同意把电视摆在桌上，嫌占地方。我只好摆在我的床上。摆在床上占的是我自己睡觉的地方。得斜着躺，躺在床对角线上，才能伸开脚。平时同学不想看的时候，我不敢开，怕影响别人。大家想看的时候，我不能不开，怕令大家不愉快。他从没接受过我的任何实质性的帮助。钱、饭票，或者，哪怕是一袋儿奶粉。只吃过我几袋方便面。他好像非常怕欠下我什么。他好像其实并不需要我这个具体的人。需要的仅只是一份预备在那儿的温柔。一份情。似乎越纯粹越好。似乎纯粹到抽象更好。似乎内容再多了一点儿，便不是他想要的了。归根结底，我不知道他究竟需要什么。还是我刚才举过的那个例子，他好比是一个孩子，他明明在断乳的状态下，却不要乳汁，仅仅能偎在一个类乎母亲的女人的怀里就行了。而且须得是在他想那样的时候。如果不是他想那样的时候，你主动将他抱在怀里，他会哭闹，甚至会咬你。他这样，使我原先那种良好的自我感觉，渐渐地烟消云散，渐渐地不存在了，没了。到如今，一丁点儿也没了。如今我倒是在做戏了。我也不清楚他是否明白了这一点。他明白不明白，对我都无所谓了。我是由他，才无形中学会做戏的。我的角色还没完成。我还不能摘下行头。我还卸不了装。如今我才知道，有时候，从某一种角色中退出，要比继续扮演难多了！因为现在，我似乎不仅仅是他的女朋友了。在别人眼里，早已经是‘一对儿’了！我当初真蠢，其实并不像我想象的那样，有很多女孩子嫉妒我。这真荒唐！好比花市上的一盆什么花草，被许多人围着看，你便以为那肯定是奇花异草。其实人们之所以围着看，也许仅仅因为那花盆儿样式有些特别。你以为大家都想买。其实并没谁真想买。你一时受到了蛊惑。你唯恐会属于了别人，而你连再凑近的权利和机会都没有了。于是你不假思索，你迫不及待地买下了。而别人呢，故意用嫉妒的目光看你。故意说几句嫉妒的酸溜溜的话给你听。于是你暗暗喜悦，不禁地面有得意。其实人们不过是成全你的兴致。既然你最有兴致，人们干吗不成全你呢？那对于别人是没什么损失的啊！结果呢，你终于意识到，那根本不是你所喜欢的一种花草。而最重要的，是你不知怎么侍弄它，你养不活它。它原本怎么样，还怎么样，并不因为你浇水啦，上花肥啦，它便多长出一片叶子来。也根本没有芳香。你又不能不管它了。毕竟是盆花呀！而且已经属于你了！总不能眼看着它渐渐干枯吧！你不关心它你有一种罪过感。别人也会谴责你。你关心它吧，它并不回报你。并不因为你的关心就变得绿了一点儿。最糟糕的是，它已经成了你自作自受的一种尴尬。你不知该把它摆在你生活的什么位置。这一点也由不得你自己了，不是你想把它摆在哪儿，就可以摆在哪儿的。因为摆法是人们约定俗成地确定了的。你也不能藏起它来。你已经是‘一对儿’中的一个了，你想不是就不是了吗？不是你得付出代价。如果他不是他，而是另外的一个男学生，我早就不忍受这种关系了。但他是那样一个人，问题就不那么简单了。如果从我这方面关系有变，‘嫌贫爱富’‘以貌取人’‘门当户对的观念作祟’，等等等等，我知道人们早已拟定好了些什么样的罪名，准备扣在我头上。我也不知道我将为此付出什么代价。我其实是个惧怕成为舆论目标的女孩儿。好的或不好的舆论一旦成为目标我都怕。我知道我根本承受不了。我脆弱得很。后来又有同年级的男生向我表示过亲近。暗暗塞给我纸条儿，邀我散步，假期一块儿去旅游，我都不敢有任何暧昧的表示，都一本正经地拒绝了。还装出仿佛受了侮辱的样子，好像我在忠贞地维护着什么似的……完了。全过程。就是这样……就是这样……你听了，认为我坏吗？……”

我说：“不。你一点儿也不坏。”

她微微苦笑，垂下目光，神态很委屈地说：“你不必想要安慰我。我也并不是问你。我是问我自己。最近我经常独自回想我们之间的事。回想了就这么问问我自己。”说罢，向后一靠，将头仰在沙发背上，撩起目光，望着吸顶灯。

她深长地呼吸了一次。如同练气功的人吐故纳新一样。又仿佛一个溺水者刚被救起，一副四肢瘫软的样子。我想她一定是累了。因为在她诉说的时候，我看得出她始终处在一种亢奋的状态。而且，始终以一种异常端正的姿势坐着。始终以一种一句紧接一句，紧密得仿佛唯恐被打断似的，连绵不绝的语调诉说。

回忆是人唯一不能被逐出的天堂。

回忆又是人唯一经常被打入的地狱。

我自己就是一个经常处于回忆之中的人。也经常回忆初恋、情感历程，如果那是苦涩的、无奈的，每回忆一次，便如心灵被剥了一次皮，便如虚脱。何况，我的回忆，都可以说是很久以前的事了。而她的回忆，还没醇到谈得上是回忆的地步。不过全是一年前的事。并与今天的她连着脐带。这脐带的两端，都是要从现实中再蜕生一遍的骨骼刚刚定型的大婴儿。她是。他也是。她想充当圣母玛丽亚而终于精疲力竭承认自己不能胜任。他的确是反常态的。他是一个被穷困所扭曲的青年。世界上还没有一个人经历了穷困而能幸免未被扭曲。敏锐的人只需十分钟就能从一个人身上发现这种经历，穷困是红斑狼疮。不在脸上，也定在被衣服遮住的什么部位。穷困扭曲人的心灵，这也许便是穷困最主要的丑恶了吧？区别也许仅仅在于，人曾被它扭曲的程度和样式千差万别。何况，从他所走来的地方，穷困的遥远的阴影，仍追踪并笼罩着那孤独敏感的青年。他逃不开它。在这繁华的京都，在似乎云集了天之骄子的时而浮躁时而空虚时而激情荡漾时而纨绔成风的大学校园，那阴影显然更加咄咄逼人。我仿佛看到一片雷云在天空戏要地追逐并企图吞没一只小小的走投无路的蝴蝶。不，一只蛾子……

我简直不知道更应该先助谁一臂之力，她或他。

而我，除了听，和怜悯，又能实际做什么呢？

我还须严谨地包裹起无论对她，还是对他那种廉价的怜悯。因为倘他们感到了这一点，无异于是感到了一种伤害。

我说："你坐随便点儿，干吗又变得那么拘束了？"

她便将一只手臂撑在沙发上，身子倾斜着，使自己的姿势懒散了些。

"说了这么多，你究竟打算怎么办呢？"

"我还要对他好。"她不假思索地说，"反正我还要对他好。明年他就毕业了。我曾劝他考研究生。他坚决不考。他说，学中文的，硕士又怎么样？博士又怎么样？将来反而比本科生更难分配。我想也是。六七年前，我们中文系毕业的，大报社、大出版社、文化单位争着要。现在，连一些少年儿童报、少儿出版社都不要我们了。一切文化单位，像连加床都住满了的招待所。想联系工作，跟你说三句话后打发走你，就算给你面子了。两年前考上研究生的，今年都后悔极了。因为连两年前他们觉得屈才的单位，如今都被本科生占满了。所以他毕业时，我要尽全力帮他。调动起我爸爸的一切社会关系。满足他留在北京的愿望，磕头作揖也在所不辞……"

我问："他非常想留在北京吗？"

她赶紧反问一句："到时候你也能帮他吗？"

我比她反应更迅速地说："不，我不是那个意思……不过我能理解……到时候看吧……"

我不忍当面给她一个毫无指望的回答。也不忍给自己留下一种将来根本尽不到的义务。我的话含含糊糊吞吞吐吐。我感到自己脸红了。我觉得我的话很笨。本可以说得更巧妙些，却因仓促防御未免捉襟见肘。我难堪地讪笑着。我想我当时的样子一定很令人讨厌。

她说："我知道这是难事。你别不好意思。其实，就算是某种义务，也不该轮到你。只能是我自己义不容辞的义务。他倒没对我说过愿不愿意留在北京的话。一次也没说过。但他对我说过好几次——说他一旦分回省里，就前景黯淡了……"

我从难堪的窘况之中爬出来，以劝人宽心的口吻说："那倒不一定吧？全国每年毕业那么多大学生，总不能年复一年都分配在北京啊！地方也可以大有作为嘛！"

她说："他一分回省里，肯定就得再由省里分回到县里。如今，县里考出来的，没后门，没关系，想留在省里也相当之难。再说他又是学中文的。到了地方，最不受欢迎的，就是中文系的大学生。"

我说："现在提倡大学生到基层，从基层干起。基层也更需要。在县里做出成绩了，还可以被调到省嘛!”

她说：“两个月前，他给县里写过信，询问过。县里也不知什么人给他回的信，希望他还是不要回到县里，真回去了也很难安排合适的工作。当秘书，他不是党员。搞宣传，现在搞宣传的人已超编了，还不知该往下裁谁呢！计划生育办公室倒空着一个缺，但要的是女的。接到信后，那一个多月他心情灰到了极点。他曾对我表示，再也不愿碰壁了，听天由命了。他说大不了是从哪儿出来的再回哪儿去，回到他们那个村里去当个‘孩子王’也不错。毕竟他读过大学了。仍然是全村最幸运的人。又说，怕只怕村里的人们误认为他在学校犯了什么错误。要不怎么会读了好几年大学哪儿都不要，又被贬回村里了呢？他说这是有口难辩的事。我听得出，其实他内心里最怕再回到他那个村子。他显然希望自己能预先做好这种心理准备，可是又怕这一点最终成为现实……”

我张了张嘴，想说句话。

她问：“你想说什么?”

我反问：“你……有把握到他毕业时帮他留在北京吗?”

其实我想说的是——能下决心献身于家乡的教育事业，也不失为一种人生选择，也是大有作为的，等等。

但是猝然间我意识到，如果我真那么说了，自己挺不是个东西的。那些话在舌尖打了个滚儿，说出口的刹那间变了。

她挺自信地说："大概没什么问题吧！这也是我能为他做的，唯一最实际的事了！对这一段缘分，从我这方面总得有个善始善终的交代，是不是？"

我用一支烟堵住了嘴。我明智地认为，此刻"第三者"最不该表示什么态度。而且我也不知应持何种态度。倘说"是"，好像我支持她"终"。倘说"不"，又仿佛我企图代人强求某种"正果"似的。

她却显得乐观起来。

她说："反正一年的时间不长，一眨眼就会过去。这一年内我要加倍地对他好。他毕业再帮他留北京，他会感激我的。每当他回想起大学生活，他便会想起一个女孩儿，曾用温情一再地给他的心灵涂抹暖色，并改变了他的命运轨迹。我相信，他将庆幸自己的生活里出现过那么一个女孩儿，他将对我终生铭记不忘！"

我说："能这样最好，能这样最好……"

我心里替"表弟"觉得挺感伤。

"我已经在着手进行了！连姐姐都被我调动起来了。姐姐认为我如果能将自己又顺利又得体地解脱出来，就证明我成熟了。许多叔叔阿姨、伯伯婶婶，都答应到时一定竭力帮忙……"

我还是说："能这样最好，能这样最好……"

除了那一句话，我也再寻找不到什么更适当的话。

她叮咛我：“你以后在他面前，千万要装得什么都不知道。他这人特敏感！更不能把我的底牌暗示给他。那你就会把我正在进行的事搅得一团糟！你明白吗？其实我本不该告诉你这一切。可我今天太想对一个人说说了，要不我怕我会憋闷出心病来……”

我郑重地说：“如果你希望我发誓，我就发誓。”

她说：“那倒不必。”

说完笑了……

那一天她总算是心情舒畅地离开了我家。起码使母亲和我感觉是那样。

她走后，母亲对我说：“要不，哪天，把他俩都找来，我出面，替他们做个主，把他们的事儿定下得了！也算我老了老了，又做了件成人之美的事儿……”

我不得不以警告的口吻对母亲说：“妈，你可千万不要乱来!”

母亲不解地说：“这怎么是乱来呢？两个好孩子，又都是大学生，将来又都能分在北京。不是挺合适的一对儿吗?”

我耐心地说：“妈，现在不兴订婚那一套了，你想替他们做个主，就能做得了主吗？你趁早打消这种念头吧!”

母亲叹了口气，自言自语道：“可也是。要说呢，我更喜欢索瑶。心眼儿好，有情有义的……可小冰这孩子，从那么穷那么老远的一个地方，能走到今天这一步，人家孩子可多不易啊！一个好汉三个帮，你也认识不少的人，到他毕业的时候，你就不能也帮帮他？……”

我已经被搞得很心烦意乱了。

我有些起急地对母亲说：“妈，你已经有四个儿子了，我大哥至今还在医院，你这一辈子还没操够心吗？还认下左一个干儿子右一个干儿子去操心！毕业分配的事，是我想帮，就能帮得上的吗？我有那么大能耐吗？绝不许你替我吐这种口风。你要是对人家主动承诺了，到时候你负责！再说人家索瑶已经着手进行了，那已经是不太成问题的问题了，显不着你，也显不着我……”

“你看你，你看你！”母亲面呈愠色了，“我不过就这么絮叨絮叨，你倒发起脾气来了！你给我买车票，我明天走，不在你这儿受你呵斥！……”

3

很久一段日子里，“表弟”没再来过。“表妹”索瑶也没再来过。渐渐的，我将他们都忘掉了。偶尔想起，也不过就是偶尔想起罢了。并且，随后便又都忘了。原来这世界，能被我们真正挂记在心的人，除了自己至爱的人和至亲的人，实在不太多。原来有些人，一旦闯入我们的生活，也便随他们闯入。

一旦从我们的生活中隐失甚至消失，我们竟不觉得真的缺少了什么。何况，“表弟”“表妹”，原本不过是戏言。是一种八竿子也搭不上的莫须有的关系。所以，我有时想起他们，倒是觉着忘也忘得心安理得。无疚无愧。

母亲当然常常念叨他们。说又很久没吃饺子了。我说您不怕麻烦您就包吧！母亲必会说，家里连个客人都不来，包也包得没意思。吃也吃得没意思。我说几乎每天都有人来，不全是客人吗？母亲说，每天来找你的那些人，那也能算得上是客人吗？他们来找你，不过就为一件事儿，讨稿子。你接待他们，不过就为发表。你们那纯粹是“工作关系”。倒好像只有“表弟”和“表妹”，才名正言顺地算是客人。我认为是母亲不甘寥落和寂寞，往往一笑置之。

忽然有一天，久违的“表妹”来了。那时已是冬天了。我记得那一天特别冷。我记得她是晚上八点多骑自行车来的。也没围条围巾，脸颊、鼻尖冻得通红，一进屋就往暖气前凑。母亲当然对她亲热得没比。拉着她双手，就想和她一块儿坐在沙发上，摆开阵势长谈久叙。她很抱歉地说她没时间坐了。她说她没戴手套，手指尖儿都冻麻了，得在暖气上焐焐。她说学校还差十几天才能放寒假，不过她父亲病了，她被允许提前十几天探家，她说已经买好了明天的车票。和姐姐一起走。她说她主要是不放心“表弟”，似乎总觉得，在这个寒冷的假期里，若没有她在他身边，他不定会出什么事儿。她说着说着，眼圈红了。我问她，他们之间是否又发生了什么不愉快？她摇头。她说，当然也许什么事儿都不会发生，不过是自己对他太过虑了。她说，她走后，就把“表弟”托付给我这位“表兄”了。希望他不来，我也能到学校去看他一两次。她说要不托付这件事儿，她真的是有些放心不下……

毕竟，我属性情中人，我受了挺大的感动。

我连连保证：“一定的！一定的！……”

母亲干脆是在抹眼泪。一边抹眼泪一边说：“姑娘呀，你放心，你放心，学校一放假，我就让你表哥把他接到家里来住！……”

她就一下子拥抱住母亲，和母亲贴了贴脸，还吻了母亲一下，说：“大娘你真好！我要给你捎回来一个药枕头。我们那儿也生产药枕头……”

她连坐也没坐，始终站在暖气前，和我和母亲加在一起说了十五六分钟的话，就走了。母亲这儿那儿要给她寻找出双手套戴，她没等。她说，她还没收拾东西哪……来也匆匆，去也匆匆。我追出门想陪送她一段路，却又没带下自己的自行车钥匙（不是故意的）。眼见她骑上自行车，逆着北风，消失在冬天的黑夜里……

几天后，在母亲的提醒之下，我正打算出门到大学里去看看“表弟”，他却“光临”了。仍是我第一次见到他时所穿的那身单薄的衣服。严格讲，从上到下，那都不能算御寒的冬装。

我说：“我正想到你们学校去看看你呢！”

他说：“我也挺想大娘的，来看看老人家。”

偏偏母亲不在家，买东西去了。

我又说：“你很久没来了。”

他说：“很久没来了。”

“外边冷吧？”

“冷。”

“都考完了？”

“嗯。”

“考得怎么样？”

“马马虎虎。不过全及格了。”

我自感交谈颇为涩滞。我告诫自己须臾不要忘了“表妹”的叮咛，有意识地避免可能会使他猜测什么的话题。而他，分明的，经久突至，内心里不无猜测。

因为他似乎打趣儿地问：“我没变成一个不受欢迎的人吧？”

我听出那不是打趣儿的话。我看出他不是打趣儿的样子。我觉得他问得并不轻松。我猜想他一路来时，肯定也这么问过他自己好几遍。

我有点儿做作地笑了。

我说："你干吗这么认为？"

他也笑了。笑得极不自然。有心事。

"这段日子里，她再没单独来过？"

"索瑶？……没来过。"

"一次也没来过？"

"噢，她走前的晚上来过一次。只待了十几分钟。"

"干什么来了？"

"临回家前告别一下。"

"她……聊了些什么？"

"没聊什么。才待十几分钟，能聊什么？"

"这人……也不邀上我一块儿来！"

我有些替索瑶不平地说："你什么时候能对她好点儿？"

他愕异地看着我。惊讶于我的话所流露出的立场倾向。

我急忙弥补地又说："男人嘛，应当对关心自己的姑娘们好点儿。"

他缄口不言了。

我起身打开壁橱，取出一件半新的军大衣，放在床上。他立刻就明白了什么，局促起来，竟至于面红耳赤了，他语无伦次地说："我接受……我诚心诚意地接受还不行吗？但是我不要……我坚决不要啊！"

我理解他的话——诚心诚意接受我对他的批评，但坚决不要我想送给他的大衣。

我说：“我也没想送给你。借你穿。这是我在兵团时发的，送给你我还舍不得呢！你不至于觉着穿了有损你的形象吧？”

他极窘一笑：“行。是借我穿，我就穿。”

我试探地问：“没事儿的话，今天干脆就住这儿怎么样？”

他说：“有点儿事儿。”

我不禁“噢”了一声。暗想肯定非比寻常的一件事儿了。

“我……我手臂上长了一个……肿物……”

“肿物？……”

他捋起了袖子。在他的左前臂，肘弯以下一寸处，静脉旁，明显地，凸起了一个蚕豆大小的瘤子。

我轻轻按了按，问：“疼吗？”

他摇摇头。

“发现多久了？”

“一个星期。刚发现的时候，才黄豆那么大。”

对这方面，我有一些常识。因为阅读各类医书，也是较主要的消遣的一种。

“我在你书架上，看见过一本关于癌的书。我想，我想借回去翻翻。不知道你那本书还在不在？”

我又按了按那肿物，与皮肤并不粘连，根部更大些。而且，隐埋得挺深。我轻轻推了推，推不动。显然较固定。我想像，那定是蜗牛状的一个瘤。凸起的是“蜗牛”的壳部。寄生在纤维组织或静脉壁上的，是“蜗牛”的“躯体”部分。

那绝非粉瘤。

亦非脂肪瘤。

他问：“究竟是什么？”

我说：“当然是个瘤。”

他又问：“你看，会是什么性质的？”

我说：“你别那么紧张，不过就是一个小小的脂肪瘤。”

他说：“我倒不紧张，但是手臂发麻。”

我说：“那是压迫了神经。”

他笑了笑，说：“要是没什么大关系，我就不理它了。但……我还是想借你那本书看看。反正现在刊物上也没特别值得一看的小说，还莫如看点儿专科书，能获得些常识。”

他那笑，是怪勉强的。

那本书当然还在书架上。

我说：“那类书我翻完就卖了。其实你不看也罢。”

他愣愣地瞅我。

我说：“那我去给你找找。”

他说：“我和你一块儿找吧？我记得夹在哪一排书之间。”

我说：“书架我早又重新整理过。我可不愿被你翻乱了！”

说罢，我便抽身离开，去到另一个房间，将那本关于癌的书从书架上抽下，藏了起来。

回到他身边，见他的袖子仍未放下来，在瞧着他手臂上那个瘤。像猫研究一只玩具老鼠。

我说："没找到。"

他那种研究的目光，转移到了我脸上。

我又说："压迫神经毕竟不好。不能置之不理。我明天要到医院去开点儿药，你如果有时间的话，和我就个伴儿，一块儿去看看吧！"

我故意把话说得轻描淡写而又轻描淡写。其实我明天无须乎到医院去开什么药。

"有时间！我明天有时间！我一定和你就伴儿，正好有些话想和你聊聊……"

我的建议，分明的，正中他下怀。

他说着就站起来要走。我让他再坐会儿，坐到我母亲回来。他却不肯再坐了。一副心神不宁的样子。我也不勉强他，将大衣披在他身上，和他约好在医院门口会面，凭他去了。

他走后，我独自翻起那本关于癌的书来。

纤维瘤——良性。

纤维肉瘤——恶性。常发生于前胸、前臂、血管和淋巴腺附近。并侵袭血管和淋巴腺，导致全身性转移……

我想，我不借给他这一本书，是对的。

在医院，咨询台让我们挂皮肤科。皮肤科的医生两分钟就把他打发出来了，说是应该看外科。我便要他到外科去等，又替他挂了一个外科。那时已经十点多了。外科分号台的中年护士，问我怎么了。我说不是我，是我表弟，就叫他过去，挽起袖子让对方看。对方说，这看外科干什么？去看皮肤科。我替他说，已经在皮肤科看过了。是皮肤科让到外科来的。对方说，明天吧。都十点多了，给你分了号，上午也看不成了。我说上午看不成，还有下午呢！对方挺腻歪我们似的，扯过他胳膊，又看了一眼，百般厌烦地说，有什么了不得的呀！不就是脂肪瘤吗？明天再来看死不了人！她是烦那一天上午就诊外科的人太多了，也许会耽误她中午下班。能推走一个是一个。我忍不住火了，说你是专家吗？你敢断定就是脂肪瘤吗？而“表弟”，却只在一旁一声不吭地听着。显然，到了医院这种地方，又碰上这么一个女人，他简直就不知该怎么对付，只有一声不吭了。那女人听了我的话，冷笑起来，说对对对，我不是专家。二楼有专家门诊。你们干吗不去挂专家号？外科这儿，每天分满一百号为止。正说着，一个人将挂号本和挂号单递给了她。她看也不看，拿起笔就写了一个“100”，递还给那人后又说，瞧，已经“100”号了吧！我看出她存心气我。我想我可别生气。生气就太照顾她了。也会使“表弟”不安。我反而笑了，扯了他的手说，多谢这位女士提醒，咱们挂专家门诊去！“表弟”跟随着我走了几步，骂了一句非常之难听的话。登上二楼，只见挂专家门诊的人，多到近百。排的队绕来绕去，顺着楼梯，又绕下了一楼。窗口立的牌子上写着——已预约到三天之后了……

我和“表弟”望而却步。

我听见他恨恨地嘟哝：“孙子才挂专家门诊！”

我直想哈哈大笑，但又怕被视为精神病，更怕他再吐出句容易招惹是非的话，或者竟无端地引起某些人们的众怒，又一把扯了他的手便走。

一离开医院，我就掏烟吸。我也觉得心头有股无名之火乱窜，一阵阵往脑门儿拱。

他说：“给我一支。”

我说：“不给。你不会吸烟，就永远别沾烟味儿。”

他说：“你就当给我一片儿镇定药。在北京，我还没踏入过医院的大门，这次领教了。”

我犹豫了一下，给了他一支烟，说：“医院就是这么一种地方，等一上午，看三分钟病。要不怎么叫‘看医生’呢？哪位医生三分钟还不够病人看的呢？”

他只将烟放在鼻子底下使劲儿嗅了几嗅，又还给了我，说：“不能跟你学坏。索瑶知道我吸烟该生气了！”

我故作诧异地望着他。

他说："你这么望着我干吗?"

我说："你感觉对了。男人总得多少体恤着关心着自己的女人点儿。"

……

我们约好，两天后再来。我说我需要两天的时间托托关系，走走后门儿。我向他保证两天后再来，会一切顺利的。他表示很信赖我……

两天后我们虽未挂专家门诊，但给他诊断的是一位中年的副主任医师。诊断结果是神经纤维瘤。不过诊断后面有一个不能完全肯定的问号。

问号使他忐忑不安。

我对他说："别疑神疑鬼的。什么人都不会轻易下结论。最后的结论须经过切片和活检才能得出。"

他说："那就意味着，还存在是纤维肉瘤的可能，对不对?"

我一愣，问他："什么纤维肉瘤？我没听说过。你怎么知道也有这种可能呢?"

他说："我自己买了一本有关的书。"

"……"

我不禁仔细看了他一会儿。希望能从他脸上看出些他不必说我就懂的东西。

他一副坦然的，若无其事的，简直就是无所谓的样子。仿佛早已参透生命的真谛，到达了生生死死，有何涕哉的境界似的。

而我看出那不是真的。

看出了掩盖在无所谓下面的一派张皇失措的心态的紊乱。

这使我感到我像一个陪刑者。

外科手术室预约他两个月后动手术。

我对那司空见惯，真正到达无所谓境界的姑娘说，同志呵，请您替患者想一想，肿物（当着他的面，我避免说瘤，因为它太容易使人直接理解成癌）每时每刻都在继续生长，如果真是不良的东西，现在没扩散，两个月之后，岂不就扩散了吗？我们都应该加强点儿热爱生命的积极意识啊！她说，如果人人都无一例外地要求照顾，她能热爱得过来吗？我早有所料。从小窗口塞入一本我新出的小说集。于是手术日期提前了一个月又二十二天。她说是为我们夹了个“楔儿”，再一天也不能提前了。而我替“表弟”一再地说谢谢。

离开医院，走在路上，我试探地问他愿不愿到我家住几天？他先说不忍干扰我的生活规律。接着又说他喜欢独处和肃静。说全系的同学差不多走光了。宿舍里就剩他自己了，成了主人。想几点钟睡就几点钟睡。想几点钟起就几点钟起。想大声唱就大声唱。想写便写。想读便读。他说他想趁机会狠学一段外语……

我没强求他住到我家去。

我想，即使有“表妹”临行前的嘱托，扪心自问，我对他做的也算可以了……

但是我将他动手术的日子记错了。他比我记住的日子早一天来到了我家，托着左前臂。

我问：“怎么，竟是今天吗？”

他说：“是啊。”

我抱歉地说：“真是的，我记成明天了。本来我想陪你的。”

他说：“小手术，陪什么啊！”

我问他手术动得顺不顺利，他说还算顺利。忽然电话响了。是给他动手术的医生，朋友的朋友的朋友很负责任地打来的。在电话里说，“表弟”紧张得要命。躺在手术台上的时候，脸都吓白了。刚一打上麻药，就默默地流起泪来了。还说：“医生，是良性的还是恶性的，你可千万要告诉我实话啊！我已经三年多没探过家了……”言外之意，如果不幸是恶性的，他要死在家乡……听对方那话，似乎包含着责备我的成分——既然是表兄弟，陪一陪的时间总该有的嘛……

我只能嗯嗯啊啊而已，不敢多说什么，也不便再问什么，唯恐“表弟”听到，又增加一重心理负担。

我和母亲没让他走。

他也没太坚持要走。

那天他就睡在我的房间。我看书。他也看书。我看英国作家卡内蒂的《迷惘》。他看《癌的早期发现和预防》。他自己买的并带来的一本。我把那本书从他手中夺下，塞给他一本《马背上的水手》——杰克·伦敦的传记。他翻了几页，说没多大意思，往枕头底下一塞，翻个身睡去了。我独自又看了一会儿，也觉得《迷惘》没意思起来，见十一点了，熄了灯。

第二天，我和母亲仍不许他走。他一只手洗脸，连毛巾都没法儿拧。一只手吃饭，连碗都没法儿端，怎么能让他走呢？

第三天，我们都躺在床上之后，终于推心置腹地聊了起来。而且，是从索瑶开始的。是他主动开始的。开门见山。没有任何铺垫。我也没对他说过一句诱发的话。我不想那么做，也不愿那么做。坦率讲，我根本不愿介入他们的事，更不想进而陷入。我认为那完全是他和她个人的事。觉得任何一种关心的表示和方式，都是不理智的、不明智的。尤其在与索瑶长谈之后，我打算在这件事上信守诺言到底。何况，这件事并非他手臂上的瘤……

“在你看来，我和她有几分可能性？”

虽然我明知“她”是谁，还是佯装糊涂地反问：“谁呀？什么事儿可能不可能的？”

就是这样开始的。

“索瑶。我和索瑶。”

回避似乎反而涉嫌，我想了想，策略地说："事在人为。情感方面的事，没有什么规律可循。"

黑暗中，只能期待一纸化验单作最后的命运宣判的这青年，不得要领地沉默着。

我觉得我的回答其实等于没回答一样。

我又说："睡吧！"

他说："不困。"

我说："我很困。我先睡了。"

他"嗯"了一声。

其实我一点儿不困。

我觉得在他终于产生了主动向人倾诉什么的时候，我的"事不关己，高高挂起"的态度，未免太油滑。

我问："你究竟喜欢不喜欢索瑶？"

他说："喜欢。"

我说："既然你喜欢她，为什么还要那样一次次伤她的心。"

他说："我也不知道。"

"那么对她，对你自己，你又知道些什么？"

"我知道……我对她，还没她对我一半好……"

"不公平的事，到头来都只能走向反面。"

"她……她对你说过，我们的事情已经走向反面了吗？"

"她什么也没对我说过。我不过是泛泛而谈。"

“有时候我很爱她，很感激她。但有时候我也恨她。”

“恨她？……”

“不是恨她这个人。而是恨她的无忧无虑。她也一次次伤害过我。她自己不知道。但确实伤害了我。常常是，当我对她的爱对她的感激，在我心里占了上风的时候，她无意中又用她的无忧无虑伤害了我。有一天她过生日，她请了十几个好同学玩一天。她不知道通过她爸爸的哪一位老下级的关系，居然搞到了一辆面包车，开到学校门口，接上大家去逛八达岭。而且，那些同学一路上的吃吃喝喝，她全包了。甚至还为吸烟的男同学们，一人买了一盒‘骆驼’烟。那一天她花费了将近二百元。那一天顶数她显得高兴。她说人生只有一个十九岁生日。她说她怕一过二十岁，就再也找不到十九岁那种仿佛永远是小女孩儿的感觉了。近二百元啊！一个暑假，我在黄山也不过只能挣六七百元。半路我借故离开，乘公共汽车返校了。当然，我承认我做得不对。使他们到处寻找我。她心里很着急。破坏了她生日那天的大好情绪。也使所有的人都多多少少感到有些扫兴。但是你知道我在公共汽车上怎么想的吗？我一想到这一点，心里就觉得解恨。像终于报复了你早想报复一下的人一样解恨。有时候我也弄不明白我自己是怎么回事。我觉得总有一种报复谁一下的念头，深深地埋藏在自己心里。随时怂恿我恨某些人。暗暗诅咒某些人被汽车撞死。得了艾滋病，或者癌。或者因为某件事，一夜之间身败名裂，再也没有任何前途可言。他们平时倒没得罪过我，更没侵犯过我，但是他们各方各面都优越于我。如果你周围有许多这样的人，有时候你也会忍受不了的。你没被侵犯你也会觉得你被侵犯了。你没被伤害你也会觉得你被伤害了。你没被压迫你也会觉得你被压迫了。经常的，别人并没有存心讽刺你嘲弄你，可你说服不了你自己。你会觉得他们的每一言每一行，就是存心讽刺你嘲弄你。你会感到时时处处受到了无情的严重的伤害。如同你经常处在极大的痛苦之中。对索瑶，我真是又恨又爱。有时候我觉得，冥冥之中仿佛有一个什么主宰。它对我怜悯，将索瑶这么一个女孩儿，引到我面前，赐给我爱她的权利，和被她所爱的权利。可另外一些时候，我又觉得，冥冥之中那个主宰，其实赐给我的，似乎更是憎恨的权利和报复的权利。它仿佛经常对我说，既然你心中有一种憎恨，那么你就更具体地憎恨这个女孩儿吧！既然你心中有一种报复什么的冲动，那你就更具体地向这个女孩儿实行报复吧！她给予我的关心、爱护、温柔和对我的安慰，还不及我伤害她之后所获得的快感大。我伤害了她，仿佛就等于是伤害了一切。仿佛能抵消一切对于我的伤害一样。但是那一种丑恶的快感却往往是暂时的，绝不会比你吸完一支烟的时间还长……”

我于黑暗中摸索到烟和打火机，迫切地吸了起来。真话有时候是很使人害怕的东西。有时候讲真话需要某种勇气，听真话也需要某种勇气。因为关于人的心灵的真话，尤其是关于人的心灵最深处的那些最原始的角落的真话，真是具有直指你自己心灵的力量。某些真话如同镜子，逼照出你原先不敢承认的，你自己心灵最深处的，那些最原始的角落或曾也有过和依然有的什么。我自己反倒感到不知所措了，更不知该对他说些什么话好。我吸烟，乃是为了使自己在黑暗中镇定，也是为了向他证明，我在虔诚地聆听着，并没睡着。我能理解他。我也有过类似的心理历程。甚至，我自己也曾产生过向别人诉说的愿望，并且向别人诉说过。但是，与他的诉说是不尽相同的。我诉说得很细，软线条的。很细，其实便是很技巧的考虑。本能地，通过一些微枝末节的伪装，使人听起来，理解的成分多一些。于是可爱的成分多一些。最终不失可爱。既满足了自己诉说的愿望，也同时从别人那儿获得了宽恕。在这种情况下，连忏悔仿佛都是精致的、玲珑的。而他的诉说，却分明是硬线条的、粗糙的、直白的，摒除了一切微枝末节的，一语中的、赤裸裸。如果说也有忏悔的意味儿，那也是附带性质的。不，他似乎不是为了忏悔才诉说，似乎更是由于诉说才忏悔。或者，仅仅就是诉说而已。并不存在我所想到的忏悔不忏悔的因素……

黑暗中，他的语调很机械。

“我知道，她一定对你，也对大娘说过，我怎么怎么三番五次伤害了她。其实那不完全对。我的意思是，我总感到，我根本就伤害不了她。不错，我使她哭过，使她落过泪。但是，只要离开了我，几分钟后，她又是那么无忧无虑的。我嫉恨她，非常嫉恨她无忧无虑这一点。结果，我对她的伤害，又统统落在我自己的头上。这使我感到很不公平。我总觉得，她永远是优越于我的。她给予我的关心、爱护和温柔，似乎都更是一种施舍。她对我越宽宏和隐忍，越委曲求全，越意味着，那一种施舍仿佛是她天经地义的权利。而我，连不接受的权利，仿佛都在无形中被剥夺了。有时候我甚至很坏地想，如果她是天使，那么就让我做暴君吧！可我又做不成一个暴君。而她做天使，却做得几乎无可指责。如果我只是一味地憎恨她，那么也许我们之间的关系，早就有一个了结啦。但我又根本不可能一味地憎恨她。因为，一旦没了她给予我的关心、爱护和温柔，我马上就会处于失魂落魄的状况，似乎一天也活不下去。有时候我又那么害怕她真的不理我了。我已经不能没有她那份温柔。我像一个孩子需要搂抱需要奶汁一样，需要她那份温柔。而我总觉得，她所给予我的，其实是小女孩儿给予布娃娃那一种情感。我不是怀疑她对我的情感是假的。我完全相信，我完全清楚那是真的。很真很真。小女孩儿对布娃娃那一种情感，就是很真很真的情感。她们有时充当布娃娃的小姐姐、小母亲、小阿姨等等角色。那是又真实又动人的。但我不是一个布娃娃呀！而我，也想扮演一个女孩儿的监护人的角色啊！也梦幻过自己是一位白马王子，使某个小女孩儿崇拜并依赖于我啊！却仿佛命中注定了，我只能配扮演一个布娃娃的角色似的。有很多时候我想，她要是蛙妹子就好了。你肯定知道蛙妹子是谁。我不信我对她讲过的，她会守口如瓶，什么也不对你讲。可她不是蛙妹子。蛙妹子也不是她。蛙妹子永远不会知道上大学是怎么回事儿。永远不会像她那么无忧无虑。永远不会把我当成布娃娃。如果我和蛙妹子在一起，不管是一块儿成了大学生，还是一块儿四处流浪，甚至一块儿乞讨，蛙妹子都会把我当成一个哥哥，一个她必须依赖的人，一个男人。我有时候试图就把她当成蛙妹子，把我认为颠倒了的关系重新颠倒过来。然而却不能够。归根结底，更像布娃娃的还是我。更像监护人，更像小姐姐、小母亲、小阿姨的，还是她。更像天使的，也是她。我只能在一个懂事的小弟弟，或者不懂事的小弟弟之间进行选择。非此即彼。精神上、心理上，主动性方面、一切方面，占优越地位的，似乎只能是她。我伤害她，却丝毫也无损于她的优越地位。她哭了、流泪了、委屈了、难过了，但是在我面前，依然是处于优越地位的。我想，她对我那么宽宏大量，那么隐忍，那么委曲求全，也许恰恰证明，她清清楚楚、明明白白地知道，在我和她之间，她永远是处于优越地位的。这一地位，是我所根本不可扭转，也不可动摇的。我想重新握有拒绝的权利，可是仔细想想，她又并没有剥夺过我这种权利。只能说我自己放弃了这种权利。除了情感和她那份温柔，我不再接受她的任何给予，正是因为，我不想彻底放弃，一点儿也不给自己保留。有几次，我真想大声对她吼：‘滚你妈的’，可是我根本没有这个勇气。我害怕果真失去了她，远远甚于我希望摆脱她。我爱她，却又觉得爱得屈辱。我恨她，却又觉得恨得没有人味儿，不近情理。我也曾暗暗诅咒她患上癌症、艾滋病、白血病什么的。不是因为对她恨到这种地步，也不是因为我灵魂邪恶到这种地步。而是因为，那么一来，也许只有那么一来，我对她才会爱得更自尊些。我可以无微不至地照顾她。我可以周周到到地服侍她。我会经常守在她身边，轻轻握住她的手给她无尽的温柔。甚至，我可以毫不犹豫地和她结婚。她由于病痛而要脾气的时候，我也可以逆来顺受。什么都可以。但是我只要体验一种优越。一种对方改变不了的动摇不了的伤害不了的打击不了的优越。哪怕仅仅在她一个人面前才可能具有的。哪怕一生仅仅能体验到一次！可是我知道这只不过是我的幻想。谁都会有某种优越感而我就没有。我成了大学生之后我仍没有。我高考的时候是全县第四名啊！这一点在大学里似乎不值一提。而我仍然要为毕业分配问题所苦恼。苦恼得夜里失眠服了安眠药片也睡不着。我羡慕别人嫉妒别人诅咒别人包括对我好的一个女孩儿，而现在这诅咒似乎落在了我自己的身上。我知道化验结果会是什么。否则我从手术台上坐起来的时候，那动手术的医生不会以那么怜悯的目光瞧着我……”

我悄无声息地下床，到洗脸间去为他洗湿了一条毛巾。

我说：“给你。”

他问：“什么？”

我说：“湿毛巾，擦擦脸。”

他说：“我没这习惯。”

我原以为他肯定早已泪流满面，坚持道：“还是擦擦好。哭过了接着睡，明早起来，闹火眼。”

他说：“我没哭。”

我说：“你何必在这一点上也固执？”

他说：“真可笑。你怎么会以为我哭了？”

我想开灯，看他究竟哭了没有。但又觉得那样，更加显得自己可笑。他说他没哭，我也就只能当他没哭罢了。

我将湿毛巾放在床头柜上。接着，去为他倒了半杯水，拉开床头柜的抽屉，取出安眠药，命令地说：“接着。”

他问：“又是什么？”

我说：“安眠药和水。”

他沉默了片刻，说：“你不会错拿成别的什么药吧？”

我说："放心。错不了。我这抽屉里，只有安眠药。"

他又问："哪一种?"

我说："安必定。"

"我没服过这一种，你一次服几片儿?"

"两片。"

"那，我可能得服三片儿。"

我就又加了一片。

待他服下，我才上床。

"如果我明天起不来，多不像话!"

我说："几点醒，你几点起就是了。没人会非弄醒你的。"

"那你的意思是，咱们该睡了?"

我指指床头柜上的小夜光表："你看，都一点多了，该睡了。你别想那么多，什么癌不癌的！纤维肉瘤，那是万分之几的概率，干吗偏要往自己身上想?"

他说："如果真是，命运对我就太冷酷无情了。"

隔了一会儿，又说："生死有命，富贵在天。去他妈的吧，睡！……"

我说："什么都别想都别讲了，真的太晚了。睡吧!"

……

他第二天中午才醒。

他的眼睛向我证明，昨夜他确实没哭。也许掉过几滴泪。

但那是不能算哭的。

吃过午饭，他坚持要回学校去。

母亲和我，都留不住他。母亲是真留他。而我，是表示要留住他，不能说是虚伪。但也仅只是一种表示而已，他毕竟不是一个孩子。不陪他聊，似乎冷淡。陪他聊，又没那么多的闲工夫。与其使他暗暗觉得受了冷淡，还莫如悉听尊便的好……

我送他的时候，他请求我，到了日子替他去看化验结果。他说，如果是良性的，就打电话告诉他。如果是恶性的，则不必告诉他了。过了一天他没得到消息，他就明白了。他希望让他自己明白，别当面告诉他……

我将那个日子，用很醒目的红色笔记在挂历上，唯恐自己忘了。并一再叮咛母亲，帮我记住那个日子……

不是。

不是纤维肉瘤。

也就是说不是恶性的。

是——纤维脂肪瘤。可以理解成脂肪瘤纤维化，或纤维化的脂肪瘤。总之，虽也不是什么好东西，但毕竟和癌沾不上边儿。何况医生向我保证，手术效果理想，切除得一干二净。

我直接骑自行车从医院到学校去告诉他。并将化验单交给他。说如果他不相信，可以再看看他买的那本书，是否清楚地写着纤维脂肪瘤怎么回事儿……

他说他当然完全相信。

似乎为了证明他完全相信，他将他买的那本关于癌的书，更准确地说，是关于癌的知识普及性小册子，当着我的面一撕两半，扔进了纸篓。

这一场虚惊过后，不但他的心情豁然为之开朗，就连我也顿有如释重负之感。我提议请他吃顿饭，以示庆贺。他赶紧说："不不不，该我请你。该我请你。给你添了不少麻烦!"说着开了一个属于他的写字桌的抽屉的锁，探入手抽出三十元钱揣进兜里。

我暗想，"表弟"啊"表弟"，你那点儿钱来得容易吗?你又何必在人前这么要强呢……

那一天，我们还一人喝了将近一瓶啤酒。对我来说，绝对是例外壮举，近乎舍命陪君子。对他，显然也是下了一醉方休的决心。

我们最后一次碰杯时，他说："咱们祝祝索瑶吧?"

我说："对，对。祝祝她。"

他谦让地说："你祝一句!"

我说："你，你！当然得你祝!"

他郑重地想了半天才说："索瑶，我们祝你万事如意!"

我又加了一句："一切顺利!"

尽管我当时已有几分头重脚轻，可并没糊涂。"一切顺利”，包含着我对她已进行着的一件事的祈祷——他的分配去向问题。

我当然不允许他花那三十元钱。

我挽着他，将他送回宿舍。告辞时，他讷讷地说：“表哥，我……对你讲过的……希望你……千万别对索瑶讲。我那几天情绪太坏。有些想法，其实是潜意识里的，被我自己放大了，那就是夸张了。不能算数的。”

我拍着他的肩说：“你放心。你什么也没对我讲过。”

他不好意思地笑了……

索瑶返校后，真给母亲送来一只药枕，也不知她到底收没收母亲坚持付给她的钱。她和母亲之间的事儿，我也不愿多问。

听她说话，肯定并不知道“表弟”臂上动过手术。我也就没提。并悄悄叮咛了母亲也别提。

她很高兴的样子，她说她对“表弟”开始刮目相看了。她说她真没想到，一个寒假里，他的英语水平提高了那么多。她说他还译了几首诗。有一家刊物回信颇感兴趣，问他还能不能多译几首，集中发表，也许会引起点儿小小的注意。她说他又开始译了。打算译十首，一共二百多行呢！

我让她捎话给他，如果那一家刊物最终又不发表了，我愿意替他向别的刊物推荐……

几天后我出差到南方去。母亲提醒我，那是“表弟”家乡所在的省份。母亲说人家孩子三年多没回过家乡了，你一定要抽出几天时间，替人家孩子回家乡看看。并且翻出一件件旧衣服，命我捎去。我坚决地说一件也不带，但为了使母亲高兴些，我保证我会到他的家乡去看看的。我没向“表弟”问地址。也根本没对他提这事。地址是索瑶抄给我的。她说她也是瞒着他，从他的家信信封上抄下的。她说根本不提对。提了他反而又会顾三虑四的……

我一到外地，就对接待我的单位提出——此行要看望一家亲戚。他们知道我是北方人。知道我的原籍是山东。奇怪我怎么会在西南，而且是在一个三省交界的偏远之地有什么亲戚。我说是亲戚的亲戚，希望人家成全我一次。他们说这倒也不是什么难事。安排在返程前三天就可。说乘火车是直接到不了的，得转车。转车也还是到不了，还得乘六七个小时的长途公共汽车。说那仍到不了，只能到县里。从县里再往下怎么去，多远的路，便非他们所知道的了。说莫如给我派一辆吉普车，走公路，到了县里，再烦县里的什么人领领路。说三天的时间去回足够了。我自是感激不尽……

上路那一天早晨，下起雨来。小司机是个复转兵。他说一下雨，有几段泥沙公路可能会封，问我还去不去？我说车到山前必有路。小司机便不再多说什么。

还好，一路顺利。小司机是个开快车的。但路面时时刁难他。在下午五点，比估计的晚一个多小时到了县里。也许是因为在凄冷的雪雨中淋了一天，那县城使人顿生索落萧瑟之感。被湿漉漉的一片阴郁笼罩着，没有丝毫的生气。吉普车直开到一座破败的院落前停住。竟没遇见个人影。下了车，看到牌子，才知是文化馆。我觉得这县城似曾相识。仿佛来过不止一次。困惑之中恍然有所悟。是因为看电影和电视太多了。拍“解放”前的某些边省镇县，大抵都选景在这种地方。接待我们的是副馆长。他说正馆长刚刚去世不久，他说他已经等了我们很久了。他说再往前尽是山路了，天将黑了，又下着雨，还是住一夜吧。

于是我们只好住宿。吃罢晚饭，小司机早早睡了，副馆长怕我寂寞，陪着我聊天，他说这文化馆曾是一位县长的家，县长荣升到地区去了。工青妇联几方面争这地方。刚巧省里下达了一个文件——加强地方群众性文化娱乐工作，结果批给了文化馆，他说否则文化馆可占不了这便宜。我暗存一份心眼，问他文化馆是不是还需要人才，比如名牌大学的中文系毕业生。他连连摆手说不缺不缺。他说别看这么破败的一处地方，但牌子值钱啊！文化馆，毕竟和文化连着，再怎么寒酸，也还是与文化联着。已经有十几个人选在等着他点头了。而他苦恼得要命。因为只给了两个扩编名额。他说处理得不好，他能不能成为正馆长就很难讲。他说万一再委派一位正馆长，那么两个名额就变成一个名额了。他说他倒没当正馆长的野心，巴不得赶快委派一位来，他就可以从苦恼中解脱，剩下的一个名额，让别人圈定吧！得罪了谁也是别人得罪的……

听他大诉苦衷，我没好意思再向他介绍“表弟”的情况。

第二天雨大了，他一早就来了，说前面的山路上出现了塌方，到不了我要去的地方了。下午再动身吧！他带来了一副扑克，陪着我和小司机玩了一上午扑克。我没心思玩扑克。坚决不玩，又冷落了人家一番好意。强作欢颜玩，其实等于是我陪着他和小司机玩。

下午，据悉塌方清除了，终于上路。车一钻入大山里，小司机全神贯注起来。盘山路绕了一圈又一圈，一边皆是悬崖深谷。以为绝对地不该有人家的些个野蛮的地方，倏忽间柳暗花明又一村。有柳，有花，自还会有惊奇的赞叹。那季节无柳，也无花，便只有讶然的惊奇。惊奇之余，不无怵然。因为路越来越窄，坡度越来越陡。一边的悬崖深谷，越来越使人替小司机提心吊胆，更是替自己。仿佛将性命交付给小司机了……

车速慢得如同蜗牛的蠕爬。开车的坐车的，三个人屏息敛气，半句话都不敢互相交谈。只有看不见的第四者，一位不知容貌的姑娘，一路不知疲倦地为我们以刚刚能听到的声音唱——小司机插入录音机的一盘音带。前头唱了些什么没注意听。心不在焉地听到的一段是《故乡》：

山里的花儿开
远远的你归来
期盼着你的身影
牵着我的手儿走……

唱得人直想落泪。我将去到的是“表弟”的故乡。可“表弟”自己却不能归来已经四年。忽然我怀疑此行的必要究竟何在？对“表弟”，对我，对远远的某一个村子和那里的某一户人家？愁雨凄迷，一种解释不清的忧郁缠绕心头，让人想家想父亲想母亲想妻子想儿子想女儿想自己一切想念的亲人，还惆怅地想——某一个也许与自己根本无关也许与自己有根土之缘的地方……

我索性闭上双眼，不瞥一旁的悬崖深谷。我在心中描画着“表弟”的故乡，想象那究竟会是一个什么样的故乡。却无论怎么想象，也想象不清。模模糊糊的，远远的，仿佛在湿漉漉的云里雾里，它朦朦胧胧地存在着，冷漠索落地等待着人接近它。而它似乎又是不可接近的。车往前开，它向后去，永远隐在湿漉漉的云里雾里，隐在一座座大山的背后。永远和想接近它的人，保持着无法缩短的等距离。

仿佛，从朦朦胧胧之中，走来了一位姑娘，她身旁伴行着一只羊。

吉普戛然停在一小块场地。小司机探出车，向那姑娘问什么。

却并非我的幻觉。我指那姑娘和那只羊。姑娘是姑娘。羊是羊。姑娘很瘦，很憔悴。一张不是清秀而是精瘦的脸上，眼睛就显得特别大。她那种空洞的目光中似乎无所含有。似乎连点儿好奇也没有。她双手抻着一片塑料布，就是平原上农民搭保温棚用的那一种塑料布，遮在头顶上罩雨。那只羊却还算壮，是一只母羊。奶荷挺鼓。可以挤出奶的样子。它也以空洞的似乎无所含有的目光瞧着人。

当我明白那姑娘和那只羊并非我的幻觉的时候，我比幻觉呈现于眼前还更惊愕。我无法准确判断出那姑娘的年龄。看身体十三四岁。但是脸上全无点儿少女的精灵。谁知道呢。也许实际上她已经十七八岁了吧？

她使我想到与“表弟”的活着有某种联系的蛙妹子。那只羊更使我想到了这一点。尽管它肯定是另外一只羊……

原来又是一个只有十几户人家的村子。

那姑娘薄薄的双唇紧抿着，仿佛被缝上了。对小司机的问话，一概摇头。

文化馆副馆长说：“不用问，远着哪！”

小司机嘭的一声关上车门，扭回头对他说："刮雨器出毛病了!"

他看着我，迟疑地说："刮雨器出毛病了!"

他见我一时没反应过来这句话有多么严重，又补充了一句："再往前开，太危险了!"

我才明白了他们是什么意思，连忙说："不去了。不去了。我的诚心到了。你们的诚心也到了！真是对不起你们二位……"

小司机说："梁作家，别这么讲。你们大老远来的，是我对不起您啦！……"

副馆长说："咱们赶上了这么个坏天嘛！只能怨天，只能怨天……"

小司机又庆幸地说："再往前开，如果连个坪场地都没有，掉不过车头，不敢进，不敢退，困在山道上，就更糟了！……"边说，边在坪场上将车谨慎地转过了弯。那坪场，可能是那里十几户人家唯一的一处平地。几棵大树生长在四周。树的后面，便是深谷。它显然是劳动的结果。十几户人家，为了那一处坪场，一定流了不少汗水……

车掉过头我才看出一些房屋。房屋都傍依着山体而建造。用的便是山石，和山体成一色，仿佛皆浑然一体。

隔着玻璃我又望了那姑娘一眼。玻璃外面的层层雨痕，将她变得模模糊糊，似乎就是呈现于雨中的幻影……

刮雨器确实出毛病了。

小司机更加全神贯注地驾驶。然而，在这种须臾不能分心的情况下，他反倒更加需要听那盒录音带了……

山里的花儿开

远远的你归来

……

唱得人直想落泪。

我心里默默地说：蛙妹子，等山里的花儿都开了的时候，他一定会亲自归来的……

愁雨凄迷，一种解释不清的忧郁缠绕心头。让人想家想父亲想母亲想妻子想儿子想女儿想自己一切想念的亲人，还惆怅地想——某一个与自己有根土之缘的地方……

这雨呵……

还有那一首《故乡》呵……

回到北京的第二天我到大学里去看“表弟”。我觉得似乎有些什么话要对他讲。我也产生了某种诉说的愿望。那是一种非常主动性的愿望。近乎一种想唱歌给别人听的愿望。或者那一首《故乡》转化成了一种愿望，也许我要对他讲的仅仅是这一点？我不清楚。我不想将自己分析清楚。我啊，我一向总在分析自己，我对自己这一套早烦了……

和他同宿舍的学生都回来了。那一晚上他们在宿舍里喝酒。他们也在唱。我在楼梯上时听他们唱的是《一无所有》。我站在门外时听他们唱的是《妹妹你大胆地往前走》。那根本不是唱。那是号叫。如同黄昏的雪原，几只饥寒而胆怯的狼在悲啸。

我想他们是全醉了。包括“表弟”在内。门开后，一阵熏人的酒气汹涌而出，混合着一股秽气。门口有一摊呕吐物。门旁的角落“保存”着一堆垃圾。桌上是一箱啤酒、两瓶白酒，遍布着啃剩下的骨头。二层铺上，一颗头和一条手臂垂下来。垂下的手臂像什么东西的尾巴。连天天眼瞅着的垃圾，都仿佛在期待别人来清除。你一想到他们守着垃圾激昂慷慨地讨论国家和民族大事时的情形，不能不认为是一种带有秽气的幽默。

开门者手扶着门问我找谁。仿佛随时都会将门关上。仿佛不扶着门便会瘫软在地上。

我说找我“表弟”。

他说：“哦……你是……我知道你是谁了……进……来吧……别……别踩了……这儿……”

他已经醉得言语不清。

我摇了摇头。

我说："表弟，你出来一下！"

说时，我还没看见"表弟"在哪儿。

垂在二层铺上的头抬了起来——"表弟"酩酊地自上而下望着我。

我已全没有了诉说的愿望。

而他，分明的，不能从二层铺下来了。

我认为那不应该是他。无论如何他没有这一种自虐的权利。

似乎，我又听到了那一首《故乡》：

山里的花儿开

远远的你归来

……

从极遥远极遥远的某处，大山里湿漉漉的忧郁，带着大山里的瘴雨蛮烟，顿时笼罩了我的心。我感到我的内心里开始往外逼着一股瘟潮之气。我冷冷地瞪着他，冷冷地说："你怎么能和别人一样呢?"

表弟双臂撑着铺，张了张嘴，想对我说什么，却一个字也没说出。一张嘴时险些吐了。双臂一分，又扑在铺上。

我没进宿舍。

我对扶着门的学生说："他清醒之后告诉他，我本想扇他一耳光！告诉他，以后再不要找我！"

我说完便走。

晚上，表妹到我家来了。

我当然明白她为何而至。便将母亲支到另一个房间，给她无所顾忌的机会。

"你，"她用一根手指，凛凛地指着我，很生气地说，"你怎么可以当着他好几位同学的面，那么严重地侮辱他！你明明知道他的自尊心太敏感太脆弱！你的话，等于当着他好几位同学的面，扇了他的耳光！"

我也很生气地说："索瑶，在我家里，你别这么质问我。否则我把你请出去！"

她垂下了头。

沉默片刻，她抬头注视着我，又低声说："你的心情我理解。你看不惯的，我也看不惯……"

我打断了她的话："你不理解！你根本不理解！你这样说就证明你根本不理解！不是什么看得惯看不惯的问题！他的那些同学们与我有何相干！但是他自己，不能和他们一样！别人可以自虐，可以自残，可以自杀！但是他不能！他如果连自己的身体都不爱惜了，他还有什么良心吗？他还对得起谁？连你也对不起！……”我激动起来。

索瑶却依然镇静。

她仍注视着我。

她说：“可是你理解他的心情吗？你理解他们的心情吗？学校已经向他们透露，今年的分配主要靠他们自找出路。他们都四处碰壁。他继母病了。为了给家里寄点儿钱，为了在大学里坚持到最后，他瞒着我去卖过血啊！已经卖过两次了……”

“什……么？……”

她将两张薄薄的单据递给我看。

她说：“这是我无意中，从他的一本书里发现的。当时我眼泪唰唰往下流。就是他去偷，去抢，只要别杀人放火，只要别偷别抢比他活得更难的人，我都理解……”

索瑶她泪潸潸然。

“血……这怎么可能？血……血不是随便买，随便卖的啊！……”

我有些无法相信。

“学校规定，义务献过一次血的，在校期间，永不献第二次了。他已经献过一次。这次又献。而且……顶替别人的名字多献一次……一次二百元的营养补助费……这和卖血有什么区别？……”

我低了头。

山里的花儿开

远远的你归来……

从极遥远极遥远的某处，带着大山里的阴瘴，似乎又隐隐地听到那听了让人直想哭的《故乡》……

我不愿抬头，使索瑶看见我的一双眼。

我问："你为他操心的事，进行得怎么样了？"

她说："还没着落……原先答应了的人，现在都不行了，连我姐姐今年能不能留在北京都毫无把握……"

"那……怎么办？……"

"我想，能分到省里市里，他也会知足的。你不是刚从他那省回来吗？表哥，求你，也替他写几封信投石问路吧！"

我说："我会的。"

她感激地摸了摸我的手。我觉得，她仿佛在以这一细小的亲昵的举动，进一步把我和表弟拴得更紧更紧，使我企图挣断这种关系也是不可能……

索瑶走后，母亲郑重地告诫我："你们的话我都听了。人人都是别人命里的人。人人命里都有三种人——小人、贵人和同命人。你答应了的事，你就要努力去办。办成了，你就算人家孩子命里的贵人了。如果你只是嘴上答应了，心里却不想办，只不过拿话糊弄人，你就和人家命里的小人差不多了。你成了别人命里的小人，你命里的小人就会坑害你。这都是有定数的，你可别不信妈的话！”

我也郑重回答母亲：“妈，我信就是了。”

当天我就东西南北中四面八方写了六七封信……

4

母亲在北京住得越来越感到寂寞，终于坚定地要回哈尔滨去了。

我陪母亲回哈尔滨之前，六七封信都有了回复。我将信一封封收留着。我想，我得对索瑶，对我自己的话有个严肃的交代。尽管哪一封信也没带来福音……

母亲一到哈尔滨，“白内障”眼病愈发重了。我因此而在哈尔滨滞留了近两个月。这期间奔波于各医院，竟将“表弟”“表妹”两个小朋友全淡忘了。也将所应之事全淡忘了。

母亲的双眼手术后，视力渐渐恢复，有一天牵挂地问起，我内疚无比，嘿嘿然而已。我推说“表妹”替“表弟”办成了，母亲才放心。还夸“表妹”是“表弟”的命中“贵人”。

我却终究放心不下。又为“表弟”的事在哈尔滨四处奔波。一听是中文系的大学生，很掌了一些权的同代的或年长的朋友们，无不遗憾地摇头，表示爱莫能助。那些日子，我认识到，原来“文学”和某些人的“人生”，似乎注定了是要发生关系，互相影响的。正所谓唇亡齿寒。我为“文学”而悲哀，亦为“表弟”的“人生”而悲哀。

竟有一位在省文化厅当了副处长的当年的“北大荒战友”很仗义，说如果“表弟”愿意，他愿意帮忙将表弟安排在某个区县的文化馆。我喜出望外，又滞留了十几天，将这件事彻底落实，才买返京的火车票。

在火车上，细思忖之，不免有几分追悔，大西南——大东北——对“表弟”来说，离家乡是不是太远了呢？将来结了婚，四年才有一次探亲假，万一家里发生急事，往返车费自理，该花他几个月的工资吧？回家一次，又将是一件多么不容易的事啊！何况是做资料员。谁知道他乐意不乐意呢？而我竟替他说了终生不悔的“死话儿”。好像他真是对我的话言听计从的“表弟”……

也许索瑶方面已万事大吉了？并且为他在北京谋求到了什么更理想的工作？但愿如此！但愿天公作美……

当天，从信箱里捧回家一大捆信件邮件。躺在床上一一拆阅。其中有两封是“表弟”写给我的。第一封很短。三百格的小稿纸上，仅潦草地写了半页——希望见见我，烦我到学校去一次。第二封更短——如果我没时间，问他何时可来家中见我？字迹更潦草。

我想肯定是关于毕业分配的事……

我想索瑶方面大概全落空了……

我想幸亏我在哈尔滨替他做了主……

第二天，我到他学校去，方知分配早已开始。

他那幢宿舍楼内，比我前两次来时更脏了。处处可见包装行李的草绳、麻袋，以及丢弃不要的书籍、小什物之类。情形有如大逃亡之前或之后。

给我开门的学生曾给我开过门。我认出了他。他也立刻就认出了我。

他冷冷地说："你来晚了。"

我不禁一愣，怔怔地问："怎么，难道他已经离校了?"

他说："那倒没有。"

一边说，一边收拾一只大皮箱。

我困惑了，又问："那你怎么说我来晚了呢?"

我暗想他一定和"表弟"之间发生过耿耿于怀的事。

但从他脸上又丝毫看不出恶毒。

我正色道："别开玩笑。我找他有急事。"

他停了手，也正色道："我哪有工夫哪有心思跟你开玩笑?"

我说："这不可能！根本不可能！……"

我立刻想到的是他手臂上那个业已切除了的纤维脂肪瘤……

难道切片化验的最后诊断是错误的？……

他说：“我们一开始也不相信。然而不可能的事随时可能发生。无论发生在自己身上或别人身上，想想，也就没什么不可能的了……”

我呆住了。

他说，大多数同学最终还是陆续都有了接收单位。后来只剩下他和另外六七个同学仍无去处。他说系里找他们谈过话，安慰过他们，并答应将他们的在校期延长两个月。他说“表弟”和索瑶吵了一架。吵过后又独自喝醉了。喝醉了就说了许多不该当着别人说的话，后悔自己放弃了为自己努力的责任，过分依赖索瑶的能力，反而使自己更加沦落到“等外品”的地步。爱传话的学生，将这些话传给了索瑶。索瑶找到宿舍来，当众打了他一耳光……

我言语机械地又说：“这不可能。这根本不可能……”

我想起索瑶因我当众伤害了他的自尊心，到我家里对我进行的谴责……

他也不理我说什么，只接着说。他说两天后公安局给学校打来电话——他因为在火车站附近倒卖车票被拘留。学校派人去把他保回来了。学校倒并不想借此事把他怎么了。不过就批评了他一通。甚至保证不向一切可能接收他的单位提起。更不会记入档案。同学们也没因这件事而瞧不起他。有的同学还跟他开玩笑，要拜他为师，希望他传授经验，以后日子混得太惨了，也想那么干一两次……

第二天有人发现他吊死在厕所内……

我呆呆地听着。觉得自己仿佛全身化为顽石。一时间动弹不得。

他说我要见他也不难。他可以带我去到停放他尸体的地方。他说校方已给他的家人拍了电报。他的家人回电，因凑不足一笔路费，来不了人。他说校方已决定派人将他的骨灰送回家乡去。他说“表弟”死了，同学们才觉得，他能熬过这几年大学生活，真是不容易。才感到平时对他关照得太不够。忆起某些往事，认为从本质上讲，他比另外一些同学对人强多了。除了性格古怪，他从无害人之心。他说有几个同学，自愿陪校方的人送他回家乡。他说他决定了也去……

说完他又开始收拾皮箱，先是将些似乎很有价值的书放在上面，几件根本算不上什么细软之物的也许是名牌的衬衣和几条领带放下面。不知为什么，放得好好的却又改变了主意腾空皮箱重新开始。而将书放下边将衬衣和领带放上面。

我呆呆地瞧着他，发现一本书竟是我自己写的《从复旦到北影》。是索瑶向我要，我签了名送给她的。或者是“表弟”想要，而由索瑶出面……已是不可知的事了。

我没问他那一本书怎么竟归了他了。

当然不是由于书本身的价值。也许仅仅是因为，他希望由它，而永远记住他的一位叫肖冰的同学，兼或也记住大学里另一位叫索瑶的姑娘……

我望望“表弟”的铺，空落落的什么东西也没有。连被褥和枕头也不知去向。也许“表弟”在另一个地方仍用着？

那只是一张旧的单人木床而已。床板上，夏天仅铺有一张凉席，其上有人的汗湿出的一个身形。

那便是我此次又见到的“表弟”。卷着身躯，呈“S”形，仿佛睡觉时也不曾放纵过自己……

那人形仿佛在无言地也对我说：你来晚了……

我想隔月后，新学期伊始，会是一个什么样儿的学子将占据了那一张床呢？……

会介意床板上的古怪身形吗？……会用刷子沾了洗衣粉什么的企图刷掉“他”吗？……

而收拾箱子的人，却似乎已经忘了我的存在。

我问：“索瑶在哪儿?”

他没反应。

不是他没听见。是我根本没问出声。那话，仅只是我心里想问的话。

我处在一种近乎屏息敛气的状态中。仿佛我的心害怕什么。仿佛它不愿发出任何声息惊动什么。

“索瑶在哪儿?”——这次，连我自己也相信我是开口说话了。

“你在学校可见不着她了。”

“为什么？请求你一定带我去见她……”

“她那种女孩儿，怎么能受得了这种事的刺激。她精神失常了。大概她认为，他的死是她一手造成的……她爸爸妈妈来学校把她接走了……”

我觉得空气刹那间凝固了。仿佛四面有四块看不见的夹板，将我紧紧地紧紧地夹住在原地了。

“其实，像索瑶那么善良的女孩儿，现在太少了。大学里更少。她的思想方法未免太古典了。她那种善良本身就是一种错误。对她是，对他也是……”

“……”

我不知道自己怎样离开的。

热风扑面。我如酷暑之际中寒。一路全身发冷。从内心里往外，一阵阵冷得透彻。冷得无奈。

走了一段路，我竟觉得累，蹲在一处树荫下吸烟。路人从我眼前过来过去。骑车的，步行的，来也匆匆，去也匆匆，不知全为着各自的什么目标。远处，华丽的高楼大厦的马赛克或进口玻璃外墙，在阳光下闪耀着辉煌。

我不由得想起索瑶对我说过的，也是“表弟”对她说过的，关于那个因照片被放大曝光而死了的女大学生的话——谋杀。我觉得“表弟”的死整个儿是一个很大的错误。一种宿命性质的错误。在他死前，便与许多种综合的错误——他自己的，索瑶的，别人的，心灵的，现实的错误搅在一起了。也包括我的……

也包括我的错误吗？

我又想起母亲对我说的，关于“人人都是别人命里的人”以及“贵人”和“小人”的话……

我确实没有勇气深想下去……

一个弄明白了的错误肯定比一个糊涂的错误更是错误。

而我自认为的，或被强加于的错误，已背负得太多了。

是的。

我确实没有勇气深想下去……

被错误所谋杀？……

“这是什么？放到行李架上去！要不就摆在铺位底下！”

女列车员说着，就动手搬那个小木盒。

“你别碰他！”

年轻人严厉地警告道。拨开了列车员的手。

“列车有列车上的规定，一切东西……”

“不是东西！”

年轻人的脸，因恼怒而涨红了。

“同志，请允许我向您解释——我们都买了卧铺。我们都是刚毕业的大学生，陪送我们这一位同学回家乡……”一位姑娘说着，指了指那个小木盒：“他曾经对我们讲过，他毕业后的第一个愿望，就是要坐一次卧铺。以前他没坐过卧铺……当然，如果有老弱病残和需要补卧铺的妇女，我们几个的铺位都可以让出来，唯独他的铺位我们不能让。因为他实际上正睡在上面，并且，您还得允许我们在他周围陪着他……”

她说得庄严，说得虔诚。

几位乘客的目光投向了她。

女列车员怔怔地望了她一会儿，一句话也没再说，默默地转身离开了……

我伫立在车厢门口，不知自己该不该走过去，和他们一起陪送“表弟”。

尽管我是为此而专执一念踏上列车的。

这之前我给母亲写了封信，告诉老人家，“表弟”的分配问题已彻底落实了，一切顺利。比预想的顺利得多……

然而直至那一时刻，我似乎才明白，也许我根本就不算是“表弟”他“命”里的一个人。我自以为是。但其实并不是。我从来没将他看得多么重要过。他对我没用。母亲很情愿是，却更不是。索瑶曾想不再是，但仿佛注定了的，终究还是。可能最是。她有过什么心灵感应吗？对于他，和她自己？……

我仍立在车门口犹豫不决。

山里的花儿开
远远的你归来
期盼着你的身影
牵着我的手儿走……

车厢里飘荡着《故乡》。是乘客向列车广播室点播的。

山里的花儿开……

母　亲

淫雨在户外哭泣，瘦叶在窗前瑟缩。这一个孤独的日子，我想念我的母亲。有三只眼睛隔窗瞅我，都是那杨树的眼睛。愣愣地呆呆地瞅我，我觉得那是一种凝视。

我多想像一个山东汉子，当面叫母亲一声“娘”。

“娘，你做啥不吃饭?”

“娘，你咋的又不舒坦?”

荣城地区一个靠海边的小小村庄的山东汉子们，该是这样跟他们的老母亲说话的吧？我常遗憾它对于我只不过是“籍贯”，如同一个人的影子，当然是应该有，而没有其实也没什么。我无法感知父亲对那个小小村庄深厚的感情。因为我出生在哈尔滨市，长大在哈尔滨市。遇到北方人我才认为是遇到了家乡人。我大概是历史上最年轻的“闯关东”者的后代——当年在一批批被灾荒从胶东大地向北方驱赶的移民中，有个年仅十二岁的孑然一身衣衫褴褛的少年，后来他成了我的父亲。

“你一定要回咱家去一遭！那可是你的根土！”

父亲每每严肃地对我说，“咱”说成“砸”，我听出了很自豪的意味儿。

我不知我该不该也同样感到一点儿自豪，因为据我所知那里并没有什么值得自豪的名山和古迹，也不曾出过一位什么差不多可以算作名人的人。然而我还是极想去一次。因为它靠海。

可母亲的老家又在哪里呢？靠近什么呢？

母亲从来也没对我说过希望我或者希望她自己能回一次老家的话。

她的母亲是吉林人吗？我不敢断定。仿佛是的。母亲是出生在一个叫“孟家岗”的地方吗？好像是。又好像不是。也许母亲出生在佳木斯市附近的一个地方吧？父亲和母亲当年共同生活过的一个地方？

我很小的时候，母亲常一边做针线活，一边讲她的往事——兄弟姐妹众多，七个，或者八个。一年农村闹天花，只活下了三个——母亲、大舅和老舅。

“都以为你大舅活不成了，可他活过来了。他睁开眼，左瞧瞧，右瞧瞧，见我在他身边，就问：‘姐，小石头呢？小石头呢？’我告诉他：‘小石头死啦！’‘三丫呢？三丫呢？三丫也死了吗?’我又告诉他：‘三丫也死啦！二妹也死啦！憨子也死啦！’他就哇哇大哭，哭得憋过气去……”

母亲讲时，眼泪扑簌簌地落，落在手背上，落在衣襟上。也不拭，也不抬头。一针一针，一线一线，缝补我的或弟弟妹妹们的破衣服。

“第二年又闹胡子，你姥爷把骡子牵走藏了起来，被胡子们吊在树上，麻绳蘸水抽……你姥爷死也不说出骡子在哪儿，你姥姥把我和大舅一块搂在怀里，用手紧捂住我们嘴，躲在一口干井里，听你姥爷被折磨得呼天喊地。你姥姥不敢爬上干井去说骡子在哪儿，胡子见了女人没有放过的。后来胡子烧了我们家，骡子保住了，你姥爷死了……”

与其说母亲是在讲给我们几个孩子听，莫如说更是在自言自语，更是一种回忆的特殊方式。

这些烙在我头脑里的记忆碎片，就是我对母亲的身世的全部了解。加上“孟家岗”那个不明确的地方。

母亲她在没有成为我的母亲之前拴在贫困生活中多灾多难的命运就是如此。

后来她的命运与父亲拴在一起仍是和贫困拴在一起。

后来她成了我的母亲又将我和我的兄弟妹妹拴在了贫困上。

我们扯着母亲褪色的衣襟长大成人。在贫困中她尽了一位母亲最大的责任……

我对人的同情心最初正是以对母亲的同情形成的。我不抱怨我扒过树皮捡过煤核的童年和少年，因为我曾是分担着贫困对母亲的压迫。并且生活亦给予了我厚重的馈赠——它教导我尊敬母亲及一切以坚忍捧抱住艰辛的生活，绝不因茹苦而撒手的女人……

在这一个淫雨不潇潇的孤独的日子，我想念我的母亲。

隔窗有杨树的眼睛愣愣地呆呆地瞅我……

那一年我的家被“围困”在城市里的“孤岛”上——四周全是两米深的地基壑壕、拆迁废墟和建筑备料。几乎一条街的住户都搬走了，唯独我家还无处可搬。因为我家租住的是私人房产——房东欲趁机向建筑部门勒索一大笔钱，而建筑部门认为那是无理取闹。结果直接受害的是我一家。正如我在小说《黑纽扣》中写的那样，我们一家成了城市中的“鲁滨孙”。

小姨回到农村去了。在那座二百余万人口的城市，除了我们的母亲，我们再无亲人。而母亲的亲人即是她的几个小儿女。母亲为了微薄的工资在铁路工厂做临时工，出卖一个底层女人的廉价的体力。翻砂——那是男人干的很累很危险的重活。临时工谈不上什么劳动保护，全凭自己在劳动中格外当心。稍有不慎，便会被铁水烫伤或被铸件砸伤压伤。母亲几乎没有哪一天不带着轻伤回家的，母亲的衣服被迸溅的铁水烧了一片片的洞。

母亲上班的地方离家很远，没有就近的公共汽车可乘，即便有，母亲也必舍不得花五分钱一毛钱乘车。母亲每天回到家里的时间，总在七点半左右，吃过晚饭，往往九点来钟，我们上床睡，母亲则坐在床角，将仅仅二十支光的灯泡吊在头顶，凑着昏暗的灯光为我们补缀衣裤。当年城市里强行节电，居民不允许用超过四十支光的灯泡。而对于我们家来说，节电却是自愿的，因那同时也意味着节省电费。代价亦是惨重的。母亲的双眼就是在那些年里熬坏的。至今视力恍惚。有时我起夜，仍见灯亮着，仍见母亲在一针一针，一线一线地缝补，仿佛就是一台自动操作而又不发声响的缝纫机。或见灯虽亮着，而母亲肩靠着墙，头垂于胸，补物在手，就那么睡了。有多少夜，母亲就是那么睡了一夜。清晨，在我们横七竖八陈列一床酣然梦中的时候，母亲已不吃早饭，带上半饭盒生高粱米或生大饼子，悄没声息地离开家，迎着风或者冒着雨，像一个习惯了独来独往的孤单旅者似的，“翻山越岭”，踧出连条小路都没给留的“围困”地带去上班。还有不少日子，母亲加班，则我们一连几天甚至十天半个月见不着母亲的面儿。只知母亲昨夜是回来了，今晨是刚走了。要不灯怎么挪地方了呢？要不锅内的高粱米粥又是谁替我们煮上的呢？

才三岁多的小妹她想妈，哭闹着要妈。她以为妈没了，永远再也见不到妈了。我就安慰她，向她保证晚上准能见到妈。为了履行我的诺言，我与困盹抵抗，坚持不睡。至夜，母亲方归。精疲力竭，一心只想立刻放倒身体的样子。

我告诉母亲小妹想她。

“嗯，嗯……”母亲倦得闭着眼睛脱衣服，一边说：“我知道，知道的。别跟妈妈说话了，妈困死了……”

话没说完，搂着小妹便睡了。

第二天，小妹醒来又哭闹着要妈。

我说：“妈妈是搂着你睡的！不信？你看这是什么？……”

枕上深深的头印中，安歇着几茎母亲灰白的落发。

我用两根手指捏起来给小妹看：“这不是妈妈的头发吗？除了妈妈的头发，咱家谁的头发这么长？”

小妹亦用两根手指将母亲的落发从我手中捏过去，神态异样地细瞧，接着放下在母亲留于枕上的深深的被汗渍所染的头印中，趴在枕旁，守着。好似守着的是母亲……

最堪怜是中秋、国庆、新年、春节前夕的母亲。母亲每日只能睡上两三个小时。五个孩子都要新衣穿，没有，也没钱买。母亲便夜夜地洗、缝、补、浆。若是冬季里，洗了上半夜搭到外边去冻着，下半夜再取回屋里，烘烤在烟筒上。母亲不敢睡，怕焦了着了。母亲是太刚强的女人，她希望我们在普天同庆的节日，没条件穿件新衣服，也要从里到外穿得干干净净。尽管是打了补丁的衣服……

还想方设法美化我们的家。

家像地窖，像窝，像土丘之间的窝。土地，四壁落土，顶棚落土。它使不论多么神通广大的女人为它而做的种种努力，都在几天内变成徒劳。

母亲却常说："蜜蜂蚂蚁还知道清理窝呢，何况人！"

母亲拼将她那毫无剩余可谈的精力，也非要使我们的家在短短几天的节日里多少有点像样不可。

"说不定会有什么人来！"

母亲心怀这等美好的愿望，颇喜悦地劳碌着。

然而没有个谁来。

没有个谁来母亲也并不觉得扫兴和失望。

生活没能将母亲变成个懊丧的怨天怨地的女人。

母亲分明是用她的心锲而不舍地衔着一个乐观。那乐观究竟根据什么？当年的我无从知道，如今的我似乎知道了，从母亲默默地望着我们的目光中那含蓄的欣慰。她生育了我们，她就要把我们抚养成人。她从未怀疑她不能够。母亲那乐观当年所根据的也许正是这样的信念吧？唯一的始终不渝的信念。

我们依赖于母亲而活着。像蒜苗之依赖于一棵蒜。当我们到了被别人估价的时候，母亲她已被我们吸收空了。没有财富和知识。母亲是位一无所有的母亲。她奉献的是满腔满怀恒温不冷的心血供我们吮咂！母亲啊，娘！我的老妈妈！我无法宽恕我当年竟是那么不知心疼您、体恤您。

是的，我当年竟是那么不知心疼和体恤母亲。我以为母亲就应该是那样任劳任怨的。我以为母亲天生就是那样一个劳碌不停而又不觉累的女人。我以为母亲是累不垮的。其实母亲累垮过多次。在夜深人静的时候，在我们做梦的时候，几回回母亲瘫软在床上，暗暗恐惧于死神找到她的头上了。但第二天她总会连她自己也不可思议地挣扎了起来，又去上班……

她常对我们说："妈不会累垮，这是你们的福分。"

我们不觉得福分，却相信母亲累不垮。

在北大荒，我吃过大马哈鱼。肉呈粉红色，肥厚，香。乌苏里江或黑龙江的当地人，习惯用大马哈鱼肉包饺子视为待客的佳肴。

前不久我从电视中又看到大马哈鱼：母鱼产子，小鱼孵出。想不到它们竟是靠噬食它们的母亲而长大的。母鱼痛楚地翻滚着，扭动着，瞪大它的眼睛，张开它的嘴和它的鳃，搅得水中一片红。却并不逃去，直至奄奄一息，直至狼藉成骸……

我的心当时受到了极强烈的刺激。

我瞬间联想到长大成人的我自己和我的母亲。

联想到我们这九百六十万平方公里上一切曾在贫困之中和

仍在贫困之中坚韧顽强地抚养子女的母亲们。她们一无所有。她们平凡，普通，默默无闻。最出色的品德可能乃是坚韧。除了她们自己的坚韧，她们无可傍靠。然而她们也许是最对得起她们儿女的母亲！因为她们奉献的是她们自己。想一想那种类乎本能的奉献真令我心酸。而在她们的生命之后不乏好男儿，这是人类最最持久的美好啊！

我又联想到另一件事：小时候母亲曾买了十几个鸡蛋，叮嘱我们千万不要碰碎，说那是用来孵小鸡的。小鸡长大了，若有几只母鸡，就能经常吃到鸡蛋了。母亲满怀信心，双手一闲着，就拿起一个鸡蛋，握着，捂着，轻轻摩挲着。我不信那样鸡蛋里就会产生一个生命。有天母亲拿着一个鸡蛋，走到灯前，将鸡蛋贴近了灯对我说："孩子，你看！鸡蛋里不是有东西在动吗？"

我看到了，半透明的鸡蛋中，隐隐地确实有什么在动。

母亲那只手也变成了红色的。

那是血色呀！

血仿佛要从母亲的指缝间滴淌下来！……

"妈妈，快扔掉！"

我扑向母亲，夺下了那个蛋，摔碎在地上——蛋液里，一个不成形的丑陋的生命在蠕动。我用脚去踩，踏。不是宣泄残忍，而是源自恐惧。我觉得那不成形的丑陋的一个生命，必是由于通过母亲的双手饱吸了母亲的血才变出来的！我抬起头望母亲，母亲脸色那么苍白。我内心里充满了恐惧，愈加相信我想的是对的。我不要母亲的心血被吸干！不管是那一个被我踩死了踏死了无形的丑陋的生命，还是万恶的贫困！因为我太知道了，倘我们富有，即使生活在腐朽的棺材里，也会有人高兴来做客，无论是节日抑或寻常的日子。并且随身带来种种礼物……

“不，不!”我哭了。

我嚷：“我不吃鸡蛋了！不吃了！妈妈，我怕……”

母亲怒道：“你这孩子真罪孽！你害死了一条小性命！你怕什么?”

我说：“妈妈我是怕你死……它吸你的血……”

母亲低头瞧着我，怔了一刻，默默地把我搂在怀里。搂得很紧……

小鸡终于全孵出来了，一个个黄绒似的，活泼可爱。它们渐渐长大，其中有三只母鸡。以后每隔几日，我们便可吃到鸡蛋了。但我在很长一段时间内不敢吃，对那些鸡我却有着种特殊的情感，视它们为通人性的东西，觉得和它们有着一种血缘般的关系……

连续三年的自然灾害使我们的共和国也处在同样艰难时期。国营商店只卖一种肉——“人造肉”，淘米泔水经过沉淀之后做的。粮食是珍品，淘米泔水自然有限。“人造肉”每户每月只能按购货本买到一斤。后来“人造肉”加工收集不到足够生产的淘米泔水，“人造肉”便难以买到了。用如今的话说，是“抢手货”。想买到得“走后门儿”。

中央广播电台在“为人民服务”节目中，热情宣传河沟里的一层什么绿也是可以吃的，那叫“小球藻”。且含有丰富的这个素那个素，营养价值极高……

母亲下班更晚了。但每天带回一兜半兜榆钱儿。我惊奇于母亲居然能爬到树上去撸榆钱儿。然而那就是她在厂里爬上一些高高的大榆钱树撸的。

“有‘洋拉子’吗?”

我们洗时，母亲总要这么问一句。

我们每次都发现有。

我们每次都回答说没有。

我们知道母亲像许多女人一样，并不胆小，却极怕树上的“洋拉子”那类毛虫。

榆钱儿当年对我们是佳果。我们只想到母亲可别由于害怕“洋拉子”就不敢给我们再撸榆钱儿了。如果月初，家中有粮，母亲就在榆钱儿中拌点豆面，和了盐，蒸给我们吃。好吃。如果没有豆面，母亲就做榆钱儿汤给我们喝。不但放盐，还放油。好喝。

有天母亲被工友搀了回来——母亲在树上撸榆钱儿时，忽见自己遍身爬满“洋拉子”，惊掉下来……

我对母亲说：“妈，以后我跟你到厂里去吧。我比你能爬树，我不怕‘洋拉子’……”

母亲抚摸着我的头说：“儿啊，厂里不许小孩进。”

第二天，我还是执拗地跟母亲去上班了。无论母亲说什么，把门的始终摇头，坚决不许我进厂。

我只好站在厂门外，眼睁睁瞧着母亲一人往厂里走。不回家，我想母亲就绝不会将我丢在厂外的。不一会儿，我听到母亲在低声叫我。见母亲已在高墙外了，向我招手。我趁把门的不注意我，沿墙溜过去，母亲赶紧扯着我的手跑，好大的厂，好高的墙。跑了一阵，跑至一个墙洞口，工厂从那里向外排污水，一会儿排一阵，一会儿排一阵。在间隔的当儿，我和母亲先后钻入到了厂里。面前榆林乍现，喜得我眉开眼笑。心内不禁就产生了一种自私的占有欲——都是我家的树多好！那我就首先把那个墙洞堵上，再养两条看林子的狗。当然应该是凶猛的狼狗！

母亲嘱咐我：“别到处乱走。被人盘问就讲是你自己从那个洞钻进来的。千万别讲出妈妈。要不妈妈该挨批评了！走时，可还要钻那个洞！”

母亲说完，便匆匆离开了。

我撸了满满一粮袋榆钱儿，从那个洞钻出去，扛在肩上，心内乐滋滋地往家走。不时从粮袋中抓一把榆钱儿，边走边吃。

结果我身后跟随了一些和我年龄差不多的孩子。馋涎欲滴地瞅着我咀嚼的嘴。

“给点儿！”

“给点儿吧！”

“不给，告诉我们在哪儿的树上撸的也行！”

我不吭声，快快地走。

“再不给就抢了啊！”

我跑。

“抢！”

“不抢白不抢！”

他们追上我，推倒我。抢……

我从地上爬起时，“强盗”们已四处逃散，连粮袋儿也抢去了。

我怔怔地站着，地上一片踏烂的绿。

我怀着愤恨走了。

回头看，一位老妪蹲在那儿捡……

母亲下班后，我向母亲哭过自己的遭遇，凄凄惨惨戚戚。

母亲听得认真。凡此种种，母亲总先默默听，不打断我的话，耐心而怜悯的样子。直至她的儿女们觉得没什么补充的了，母亲才平静地做出她的结论。

母亲淡淡地说：“怨你。你该分给他们些啊，你撸了一口袋呀！都是孩子，都挨饿。还那么小气，他们还不抢你吗？往后记住，再碰到这种事儿，惹人家动手抢之前，先就主动给，主动分。别人对你满意，你自己也不吃亏……”

母亲往往像一位大法官，或者调解员，安抚着劝慰着小小的我们与社会的血气方刚的冲突，从不长篇大论一套套地训导。一向三言两语，说得明明白白，是非曲直，尽在谆谆之中。并且表现出仿佛绝对公正的样子，希望我们接受她的逻辑。

我们接受了，母亲便高兴，夸我们：好孩子。

而母亲的逻辑是善良的逻辑，包含有一个似无争亦似无奈的“忍”字。

仅仅为使母亲高兴，我们也唯有点头而已。

可能自幼忍得太多了吧？后来于我的性格中，遗憾地生出了不屈不忍的逆反。如今三十九岁的我，与人与事较量颇多，不说伤疤累累，亦是擦伤遍体。每每咀嚼母亲过去的告诫，便厌恶自己是个犟种。忏悔既深既久，每每地克己地玩味起母亲传给我的一个“忍”字。或反之逆反，或曰“二律背反”也未尝不可。却又常于“克己复礼”之后而疑问重重。弄不清作为一个人，那究竟好呢还是不好？……

一场雨后，榆钱儿变成了榆树叶。

榆树叶也能做“小豆腐”。做榆树叶汤。滑滑溜溜的，仿佛汤里加了粉面子。

然而母亲厂里的食堂将那片榆树林严密地看管起来了，榆树叶成了工人叔叔和阿姨的佐餐之物。

别了，暄腾腾的“小豆腐”……

别了，绿汪汪的“滑溜溜”……

别了，整个儿那一片使我产生强烈的占有欲并幻想伺以狼犬严守的榆树林……

我们是社会主义国家，共产主义分配原则，可做“小豆腐”，可做“滑溜溜”的榆树叶儿“共产”起来，原本也是情理之中的事儿。倒是我那占为己有的阴暗的心思，于当年论道起来，很有点儿自发的资产阶级利己思想的意味儿。

不过我当年既未忏悔，也未诅咒过。

……

母亲依然有东西带回给我们，鼓鼓的一小布包——扎成束的狗尾巴草。

狗尾巴草不能做“小豆腐”吃。

不能做“滑溜溜”喝。

却能编毛茸茸的小狗、小猫、小兔、小驴、小骆驼……

母亲总有东西带回给每日里眼巴巴地盼望她下班的孤苦伶仃的孩子们。

母亲不带回点什么，似乎就觉得很对不起我们。

不论何种东西，可代食的也罢，不可代食的也罢；稀奇的也罢，不稀奇的也罢，从母亲那破旧的小布包抖搂出来，似乎便都成了好东西。哪怕在别的孩子们看来是些不屑一顾的东西。重要的仅仅在于，我们感受到母亲的心里对我们怀着怎样的一片慈爱。那乃是艰难岁月里绝无仅有的营养供给高贵的“代副食”啊！

母亲是深知这一点的。

某天，放学回家的路上，我被一辆停在商店门口的马车所吸引。瘦马在阴凉里一动不动，仿佛处于思考状态的一位哲学家。老板子躺在马车上睡觉，而他头下枕的，竟是豆饼。

四分之一块啊！

豆饼啊！

他枕着。

我同学中有一个是区长的儿子，有次他将一个大包子分给我和几个同学吃，香得我们吃完了直咂嘴巴。

“这包子是啥馅的？”

“豆饼！”

“豆饼？你们家从哪儿搞的豆饼？”

“他爸是区长嘛!”

我们不吭声了。

豆饼是艰难岁月里一位区长的特权。

就是豆饼……

我绕着那辆马车转了一圈儿，又转一圈儿，猜测那老板子真是睡着了，就动手去抽那块豆饼。

老板子并未睡着。

四十来岁的农村汉子微微睁开眼瞅我，我也瞅他。

他说：“走开。”

我说：“走就走。”

偷不成，只有抢了!

猛地从他头下抽出了那四分之一块豆饼，吓得他的头在车板上咚的一响。

他又睁开了眼，瞅着我发愣。

我也看着他发愣。

“你……”

我撒腿便跑，抱着那四分之一块豆饼，沉甸甸的。

“豆饼！我的豆饼！站住！……”

愣怔中的老板子待我跑开了挺远才明白过来是怎么一回事，边喊边追我。

我跑得更快，像只袋鼠似的，在包围着我的家的复杂地形中跳窜，自以为甩掉了追赶着的尾巴，紧紧张张地撞入家门。

母亲愕问："怎么回事？哪儿来的豆饼？"

我着急慌忙，前言不搭后语地说："妈快把豆饼藏起来……他追我！……"却仍紧紧抱着豆饼，蹲在地上喘作一团。

"谁追你？"

"一个……车老板……"

"为什么追你？"

"妈你就别问了！……"

母亲不问了，走到了外面。

我自己将豆饼藏到箱子里，想想，也往外跑。

"往哪儿跑？"

母亲喝住了我。

"躲那儿！"

我朝沙堆后一指。

"别躲！站这儿。"

"妈！不躲不行！他追来了，问你，你就说根本没见到一个小孩子！他还能咋的？……"

"你敢躲起来！"母亲变得异常严厉："我怎么说，用不着你教我！"

只见那持鞭的老板，凶凶地出现了，东张西望一阵，向我家这儿跑来。

他跑到我和母亲跟前，首先将我上下打量了足有半分钟。因我站在母亲身旁，竟有些不敢贸然断定就是我夺了他的豆饼，手中的鞭子不由背到了身后去。

“这位大姐，见一个孩子往这边跑了吗？抱着不小一块豆饼……”

我说：“没有没有！我们连个人影也没看见！”

“怪了，明明是往这边跑的吗！”他自言自语地嘟哝，“我挺大个老爷们，倒被这个孩子明抢明夺了，真是跟谁讲谁都不相信……”

他悻悻地转身欲走。

“你别走。”不料母亲叫住他，说：“你追的就是我儿子。”

他瞪着我，复瞪着母亲，似欲发作，但克制着，几乎是有几分低声下气地说：“大姐你千万别误会，我可不是想怎么你的儿子！鞭子……是顺手一抄……还我吧，那是我今明两天的粮啊……”一副农村人在城里人面前明智的自卑模样。

母亲又对我说：“听到了吗？还给人家！”

我怏怏地回到屋里，从粮柜内搬出那块豆饼，不情愿地走出来，走到老板子跟前，双手捧着还他。

他将鞭杆往后腰带斜着一插，也用双手接过，瞧着，仿佛要看出是不是小了。

母亲羞愧地说：“我教子不严，让你见笑了啊！你心里的火，也该发一发。或打或骂，这孩子随你处置！……”

“老大姐，言重了！言重了！我不是得理不让人的人，算了算了，这年头，好孩子也饿慌了！……”

他反而显得难为情起来。

“还不鞠个躬，认个错！”

在母亲严厉目光的威逼之下，我被人按着脑袋似的，向那车老板鞠了个草草的躬。

我家的斧头，给一截劈柴夹着，就在门口。

车老板一言不发，拔下斧头，将豆饼垫在我家门槛上，嘿嘿几下，砍得豆饼碎屑纷落，砍为两半。

他一手拿起一半，双手同时地掂了掂，递给母亲一半，慷慨地说：“大姐，这一半儿你收下！”

“那怎么行，是你的干粮啊！”

母亲婉拒。老板子硬给，母亲婉拒不过，只好收了，进屋去，拿出两个窝窝头和一个咸菜疙瘩给那车老板。又轮到那车老板拒而不收，最后呢？见母亲一片真心实意，终于收了。从头上抹下单帽，连豆饼一块儿兜着，连说：“真是的，真是的，倒反过来占了你们个大便宜，怪不像话的！……”

他在围困着我们家的地基壕壑、沙堆、废墟和石料场之间择路而去，插在后腰带上的长杆儿鞭子，似“天牛”的一条触角。

“你呀，今天好好想想吧！”

直至吃晚饭前，母亲只对我说了这么一句话。不理睬我。也不吩咐我干什么活儿。而这是比打我骂我，更使我悲伤的。

端起饭碗时，我低了头，嗫嚅地说：“妈，我错了……”

“抬头。”

我罪人一般抬起头，不敢迎视母亲的目光。

“看着妈。”

母亲脸上，庄严多于谴责。

“你们都记住，讨饭的人可怜，但不可耻。走投无路的时候，低三下四也没什么。偷和抢，就让人恨了！别人多么恨你们，妈就多么恨你们！除了这一层脸面，妈再任什么尊贵都没有！你们谁想丢尽妈的脸，就去偷，就去抢……”

母亲落泪了。

我们都哭了……

夏天和秋天扯着手过去了。冬天咄咄地来了。我爱过冬天，大雪使我家周围的一切肮脏都变得洁白一片了。我怕过冬天，寒冷使我家孤零零的低矮的小破屋变成了冰窖。

那一年冬天我们有了一个伴儿——一条小狗。我在放学回家的路上发现了它，被大雪埋住，只从雪中露出双耳。它绊了我一跤。我以为是条死狗，用脚拨开雪才看出它还活着。快冻僵了。它引起了我的怜悯。于是它有了一个家。我们有了一个伴儿。一条漂亮的小狗，白色、黑花，波兰奶牛似的。脖子上套着皮圈儿。皮圈儿上缀着一个小铜牌儿。小铜牌儿上压印出个“3”。它站立不稳，常趴着。走起来踉踉跄跄。前足抬得高高的，不顾一切地一踏，于是下巴也狠狠触地。幸亏下巴触地，否则便一头栽倒了。喂它米汤喝，竟不能好好喝。嘴在破盆四周乱点一通，五六遭方能喝到一口米汤。起初我以为它是只瞎狗，试它眼睛，却不瞎。而那双怯怯的狗眼，流露着无限的人性，哀哀地乞怜着。我便怀疑它不过是被冻的。它漂亮而笨拙，如同一个患羊痫风的漂亮的小女孩，它那双褐色的狗眼，不但是通人性的，且仿佛是充分女性的。我并未因其笨拙而产生厌恶。弟弟妹妹们也是。

我们那么需要一个小朋友。

而它可以被当成一个小朋友。

就是这样。

母亲下班回到家里，呆呆地瞅着那狗吃和走的古怪样子，愣了半晌，惊问：“这是什么？”

我回答：“狗。”

“扔出去！”母亲怒道：“快给我扔出去！”

我说：“不！”

弟弟妹妹们也齐声嚷：“不扔！不扔！”

“都不听话啦？”母亲一把抓起了笤帚，高举着先威胁的是我："看我挨个儿打你们！"

我赶紧护住头："就不许我们喜欢个什么东西吗？"

弟弟妹妹们也齐声表示抗议。

"就不许我们养条喜欢的狗吗？"

"就不许我们有个捡来的伴儿吗？"

母亲吼道："不许！"笤帚却高举着，没即刻落到我头上。

我大胆争辩："你说过的，对人要心善！"

"可它不是人！"母亲举着的手臂放下了："人都吃糠咽菜的年月，喂它什么？还是这么条狗！"

我说："我那份饭分它吃。"

弟弟妹妹们也说："还有我们！"

母亲长长叹了口气，逐个儿瞧我们，垂下了手臂。

在一中住读的哥哥那天晚上也回家了，研究地望着那条狗说："我知道了，这是条被医院里做实验的狗，跑出来了！老师带我们到医院参观过，那些狗脖子上挂的都是这种编了号码的小铜牌儿。肯定做的是小脑实验，所以它失去平衡机能了。生物课本上讲到这一点。不养它，它死路一条……"

可怜的我们的小朋友！

母亲又长长地叹了一口气。不知是因狗，还是因她的儿女们集体的发难。

宽容的我们的母亲……

那一条狗，也是可以和我们在雪地上玩耍的。感谢上帝，它的大脑里的人性是没被人做过什么实验的。它那种古怪的滑稽的笨拙的动态，使我们发出一串串笑声，足以慰藉我们的幼小的孤独的心灵。

雪地上留下一片片生动的足迹。我们的和狗的……

一天上午，趴在窗前朝外望的三弟突然不安地叫我："二哥你快看！"

外面，几个大汉在指点雪地上的足迹。

他们朝我家走来。

"是想抢我们的狗吧？"

我也不安了，惶惶地将"3号"藏入破箱子内，将小妹抱到箱子盖上坐着。

高叫："我们是打狗队的！"

大汉们在敲门了。

"我们家没养狗！"

然而他们闯入家中。

"没养狗？狗脚印一直跑到你家门口！"

"它死了。"

"死了？死了的我们也要！"

"我们留着死狗干什么？早埋了。"

"埋了？埋哪儿？领我们去挖出来看看！"

“房前屋后坑坑洼洼的，埋哪儿我们忘了。”

他们不相信，却不敢放肆搜查，这儿瞧瞧，那儿瞅瞅，大扫其兴地走了……

“他们既然是打狗队的，既然没相信你们的话，就绝不会放过它的……”

晚上，母亲为我们的“小朋友”表现出了极大的担心。

我说：“妈，你想办法救它一命吧！”

母亲问：“你们不愿失去它？”

我和弟弟妹妹们点头。

母亲又问：“你们更不愿它死？”

我和弟弟妹妹们仍点头。

“要么，你们失去它。要么，你们将会看到打狗队的人，当着你们的面儿活活打死它。你们都说话呀！”

我们都不说话。

母亲从我们的沉默中明白了我们的选择。

母亲默默地将一个破箱子腾空，铺一些烂棉絮，放进两个掺了谷糠的窝窝头，最后抱起“3号”，放入箱内，我注意到，母亲抚摸了一下小狗。

我将一张纸贴在箱盖里面儿，歪歪扭扭我写的是——别害它命，它曾是我们的小朋友。

我和母亲将箱子搬出了家，拴根绳子，我们拖着破箱子在冰雪上走。月光将我和母亲的身影印在冰雪上。我和母亲的身影一直走在我们前边。不是在我们身后或在我们身旁，一会儿走在我们身后一会儿走在我们身旁的是那一轮白晃晃的大月亮。不知道为什么月亮那一个晚上始终跟随着我和我的母亲。

半路我捡了一块冰坨子放入破箱子里。我想“3 号”它若渴了就舔舔冰吧！

我和母亲将破箱子遗弃在离我家很远的一个地方……

第二天是星期日。母亲难得休息一个星期日，近中午了母亲还睡得很实。我们难得有和母亲一块儿睡懒觉的时候，虽早醒了也都不起。失去了我们的“小朋友”，我们觉得起早也是个没意思。

“堵住它！别让它往那人家跑！”

“打死它！打呀！”

“用不着逮活的！给它一锨！……”

……

男人们兴奋的声音乱喊乱叫。

“妈！妈！……”

“妈妈！……”

我们焦急万分地推醒了母亲。

母亲率领衣帽不齐的我们奔出家门，见冬季停止施工的大楼角那儿，围着一群备料工人。

母亲率领我们跑过去一看，看见了吊在脚手架上的一条狗，皮已被剥下一半儿。一个工人还正剥着。

母亲一下子转过身，将我们的头拢在一起，搂紧。并用身体挡住我们的视线。

“不是你们的狗！孩子们，别看，那不是你们的狗……”

然而我们都看清了——那是“3 号”。是我们的“小朋友”。白黑杂色的漂亮的小狗，剥了皮的身躯比饥饿的我们更显得瘦。小女孩般的通人性的眼睛死不瞑目……

母亲抱起小妹，扯着我的手，我的手和两个弟弟的手扯在一起。我们和母亲匆匆往家走，不回头。不忍回头。

我们的“小朋友”的足迹在离我家不远处中断了。一摊血仿佛是个句号。

自称打狗队的那几个大汉，原来也是备料工人。

不一会儿，他们中的一个来到了我家里，将用报纸包着的什么东西放在桌上。

母亲狠狠地瞪他。

他低声说：“我们是饿急眼了……两条后腿……”

母亲说：“滚!”

他垂了头往外便走。

母亲喝道：“带走你拿来的东西!”

他头垂得更低，转身匆匆拿起了送来的东西……

雨仍在下，似要停了，却又不停，窗前瑟缩的瘦叶是被洗得绿生生的了。偶尔还闻一声寂寞的蝉吟。我知道的，今天准会有客来敲我的家门——熟悉的，还是陌生的呢？我早已是有家之人了。弟弟妹妹们也都早是有家之人了。当年贫寒的家像一只手张开了，再也攥不到一起。母亲自然便失落了家，歇栖在她儿女们的家里。在她儿女们的家里有着她极为熟悉的东西——那就是依然的贫寒。受着居住条件的限制，一年中的大部分日子，母亲和父亲两地分居。

那杨树的眼睛隔窗瞅我。愣愣地呆呆地瞅我。古希腊和古罗马雕塑神低沉的眼睛，大抵都是那样子的。冷静而漠然。

但愿谁也别来敲我的家门，但愿。

在这一个孤独的日子让我想念我的老母亲，深深地想念……

我忘不了我的小说第一次被印成铅字那份喜悦。我日夜祈祷的是这回事儿。真是了，我想我该喜悦，却没怎么喜悦。避开人我躲在个地方哭了，那一时刻我最想我的母亲……

我的家搬到光仁街，已经是 1963 年了。那地方，一条条小胡同仿佛烟鬼的黑牙缝。一片片低矮的破房子仿佛是一片片疥疮。饥饿对于普通的人们的严重威胁毕竟开始缓解。我是小学五年级的学生了。我已经有三十多本小人儿书。

“妈，剩的钱给你。”

“多少？”

“五毛二。”

“你留着吧。”

买粮、煤、劈柴回来，我总能得到几毛钱。母亲给我，因为知道我不会乱花，只会买小人儿书。每个月都要买粮买煤买劈柴，加上母亲平日给我的一些钢镚儿，渐渐积攒起就很可观。积攒到一元多，就去买小人儿书。当年小人儿书便宜。厚的三毛几一本。薄的才一毛几一本。母亲从不反对我买小人儿书。

我还经常去租小人儿书。在电影院门口、公园里、火车站。有一次火车站派出所一位年轻的警察，没收了我全部的小人儿书。说我影响了站内秩序。

我一回到家就号啕大哭。我用头撞墙。我的小人儿书是我巨大的财富。我觉得我破产了。从绰绰富翁变成了一贫如洗的穷光蛋。我绝望地不想活。想死。我那种可怜的样子，使母亲为之动容。于是她带我去讨还我的小人儿书。

“不给！出去出去！”

车站派出所年轻的警察，大檐帽微微歪戴着，上唇留撇小胡子，一副“葛列高利”那种桀骜不驯的样子。母亲代我向他承认错误，代我向他保证以后绝不再到火车站租小人儿书，话说了许多，他烦了，粗鲁地将母亲和我从派出所推出来。

母亲对他说："不给，我就坐台阶上不走。"

他说："谁管你！"砰地将门关上了。

"妈，咱们走吧，我不要了……"

我仰起脸望着母亲，心里一阵难过。亲眼见母亲因自己而被人呵斥，还有什么事比这更令一个儿子内疚的？

"不走。妈一定给你要回来！"

母亲说着，母亲就在台阶上坐了下去。并且扯我坐在她身旁，一条手臂搂着我。另外几位警察出出进进，连看也不看我们。

"葛列高利"也出来了一次。

"还坐这儿？"

母亲不说话，不瞧他。

"嘿，静坐示威……"

他冷笑着又进去了……

天渐黑了。派出所门外的红灯亮了，像一只充血的独眼，自上而下虎视眈眈地瞪着我们。我和母亲相依相偎的身影被台阶斜折为三折，怪诞地延长到水泥方砖广场，淹在一汪红晕里。我和母亲坐在那儿已经近四个小时。母亲始终用一条手臂搂着我。我觉得母亲似乎一动也没动过，仿佛被一种持久的意念定在那儿了。

我想我不能再对母亲说——“妈，我们回家吧！”

那意味着我失去的是三十几本小人儿书，而母亲失去的是被极端轻蔑了的尊严。一个自尊的女人的尊严。

我不能够那样说……

几位警察走出来了，依然并不注意我们，纷纷骑上自行车回家去了。

终于“葛列高利”又走出来了。

“嗨，我说你们想睡在这儿呀？”

母亲不看他。不回答。望着远处的什么。

“给你们吧！……”

“葛列高利”将我的小人儿书连同书包扔在我怀里。

母亲低声对我说：“数数。”语调很平静。

我数了一遍，告诉母亲：“缺三本《水浒》。”

母亲这才抬起头来。仰望着“葛列高利”，清清楚楚地说：“缺三本《水浒》。”

他笑了，从衣兜里掏出三本小人儿书扔给我，嘟哝道：“哟哈，还跟我来这一套……”

母亲终于拉着我起身，昂然走下台阶。

“站住！”

“葛列高利”跑下了台阶，向我们走来。他走到母亲跟前，用一根手指将大檐帽往上捅了一下，接着抹他的一撇小胡子。

我不由得将我的“精神食粮”紧抱在怀中。

母亲则将我扯近她身旁，像刚才坐在台阶上一样，又用一条手臂搂着我。

“葛列高利”以将军命令两个士兵那种不容违抗的语言说：“等在这儿，没有我的允许不准离开!”

我惴惴地仰起脸望着母亲。

“葛列高利”转身就走。

他却是去拦截了一辆小汽车，对司机大声说：“把那个女人和孩子送回家去。要一直送到家门口!”

……

我买的第一本长篇小说是《青年近卫军》。一元多钱。母亲还从来没有一次给过我这么多钱。

我还从来没有向母亲一次要过这么多钱。

我的同代人们，当你们也像我一样，还是一个小学五年级学生的时候，如果你们也像我一样，生活在一个穷困的普通劳动者家庭的话，你们为我作证，有谁曾在决定开口向母亲要一元多钱的时候，内心里不缺少勇气?

当年的我们，视父母一天的工资是多么非同小可啊!

但我想有一本《青年近卫军》想得整天失魂落魄，无精打采。

我从同学家的收音机里听到过几次《青年近卫军》长篇小说连续广播。那时我家的破收音机已经卖了，被我和弟弟妹妹们吃进肚子里了。

直接吃进肚子里的东西当然不能取代“精神食粮”。

我那时还不知道什么叫“维他命”，更没从谁口中听说过“卡路里”，但头脑却喜欢吞“革命英雄主义”。一如今天的女孩子们喜欢嚼泡泡糖。

在自己对自己的怂恿之下，我去到母亲的工厂向母亲要钱。母亲那一年被铁路工厂辞退了，为了每月二十七元的收入，又在一个街道小厂上班。一个加工棉胶鞋帮的中世纪奴隶作坊式的街道小厂。

一排破窗，至少有三分之一埋在地下了。门也是。所以只能朝里开。窗玻璃脏得失去了透明度，乌玻璃一样。我不是迈进门而是跃进门去的。我没想到门里的地面比门外的地面低半米。一张踏脚的小条凳权作门里台阶。我踏翻了它，跌进门的情形如同掉进一个深坑。

那是我第一次到母亲为我们挣钱的那个地方。

空间非常低矮。低矮得使人感到心理压抑。不足二百平米的厂房，四壁潮湿颓败，七八十台破缝纫机一行行排列着，七八十个都不算年轻的女人忙碌在自己的缝纫机后。因为光线阴暗，每个女人头上方都吊着一只灯泡。正是酷暑炎夏，窗不能开，七八十个女人的身体和七八十只灯泡所散发的热量，使我感到犹如身在蒸笼。那些女人们热得只穿背心。有的背心肥大，有的背心瘦小，有的穿的还是男人的背心，暴露出相当一部分丰厚或者干瘪的胸脯，千奇百怪。毡絮如同褐色的重雾，如同漫漫的雪花，在女人们在母亲们之间纷纷扬扬地飘荡。而她们不得不一个个戴着口罩。女人们母亲们的口罩上，都有三个实心的褐色的圆。那是因为她们的鼻孔和嘴的呼吸将口罩滞湿了，毡絮附着在上面。女人们母亲们的头发、臂膀和背心也差不多都变成了褐色的。毛茸茸的褐色。我觉得自己恍如置身在山顶洞人时期的女人们母亲们之间。

我呆呆地将那些女人们母亲们扫视一遍，却发现不了我的母亲。

七八十台破缝纫机发出的噪声震耳欲聋。

“你找谁?”

一个用竹篾拍打毡絮的老头对我大声嚷，却没停止拍打。

毛茸茸的褐色的那老头像一只老雄猿。

“找我妈!”

“你妈是谁?”

我大声说出了母亲的名字。

“那儿!”

老头朝最里边的一个角落一指。

我穿过一排缝纫机，走到那个角落，看见一个极其瘦弱的毛茸茸的褐色的脊背弯曲着，头凑近在缝纫机板上。周围几只灯泡的电热烤我的脸。

“妈……”

“……”

“妈……”

背直起来了，我的母亲。转过身来了，我的母亲。肮脏的毛茸茸的褐色的口罩上方，眼神儿疲竭的我熟悉的一双眼睛吃惊地望着我，我的母亲的眼睛……

母亲大声问：“你来干什么？”

“我……”

“有事快说，别耽误妈干活！”

“我……要钱……”

我本已不想说出“要钱”两字，可是竟说出来了！

“要钱干什么？”

“买书……”

“多少钱？”

“一元五角就行……”

“……”

母亲掏衣兜。掏出一卷毛票，用指尖龟裂的手指点着。

旁边一个女人停止踩缝纫机，向母亲探过身，喊：“大姐，别给！没你这么当妈的！供他们吃，供他们穿，供他们上学，还供他们看闲书哇！……”又对我喊：“你看你妈这是在怎么挣钱？你忍心朝你妈要钱买图书哇！……”

母亲却已将钱塞在我手心里了，大声回答那个女人：“谁叫我们是当妈的啊！我挺高兴他爱看书的！”

母亲说完，立刻又坐了下去，立刻又弯曲了背，立刻又将头俯在缝纫机板上了，立刻又陷入手脚并用的机械忙碌状态……

那一天我第一次发现，我的母亲原来是那么瘦小，竟快是一个老女人了！那时刻我努力要回忆起一个年轻的母亲的形象，竟回忆不起母亲她何时年轻过。

那一天我第一次觉得我长大了，应该是一个大人了。并因自己十五岁了才意识到自己应该是一个大人了而感到羞愧难当，无地自容。

我鼻子一酸，攥着钱跑了出去……

那天我用那一元五毛钱给母亲买了一听水果罐头。

“你这孩子，谁叫你给我买水果罐头的?！不是你说买书，妈才舍得给你钱的吗?！”

那一天母亲数落了我一顿。数落完了我，又给我凑足了够买《青年近卫军》的钱……

我想我没有权利用那钱再买任何别的东西，无论为我自己还是为母亲。

从此我有了第一本长篇小说……

后来我有了第二本、第三本、第四本、第五本……《钢铁是怎样炼成的》《牛牤》《勇敢》《幸福》《红旗谣》……

我再也没因想买书而开口向母亲要过钱。

我是大人了。

我开始挣钱了——拉小套。在火车站货运场、济虹桥坡下、市郊公路上……

用自己辛辛苦苦挣的钱买书时，你尤其会觉得你买的乃是世界上最值得花钱最好的东西。

于是我有了三十几本长篇小说。十五岁的我爱书如同女人之爱美，向别人炫耀我的书是我当年最大的虚荣。

三年后几乎一切书都成了“毒草”。

学校在烧书。图书馆在烧书。一切有书的家庭在烧书。自己不烧，别人会到你家里查抄，结果还是免不了被烧，普通的人们的家庭只剩下了一个人的书，并且要摆在最显眼的地方。

街道也成了“无产阶级文化大革命执行委员会”——使命之一也是挨家挨户查抄“毒草”焚烧之。

“老梁家的，听说你们这个院儿里，顶数你们家孩子买的黑书多啦，统统交出来吧！”

面对闯入家中的人们，母亲镇定地声明：“我是文盲，不知哪些书是黑书。”

“除了毛主席和林副统帅的书，全是黑书，毒草。这个简单明白的革命道理文盲也是应该懂得的！”

“我儿子的书，我已经烧了，烧光了。现时我家只有那几本红宝书啦。”

母亲指给他们看。

他们怀疑。

母亲便端出一盆纸灰：“怕你们不信，所以保留着纸灰给你们验证。若从我家搜出一本黑书，你们批判我。”

“听说你儿子几十本书呐，就烧成这么一盆纸灰？”

“都烧了，得十来盆呢。我不过只保留了一盆给你们看。”

母亲分外虔诚老实的样子。

他们信了。

他们走时，母亲问：“那么这一盆纸灰我也可以倒了吧？”

他们善意地说：“别倒哇！留着，好好保留着。我们信了，兴许我们今后再来查一遍的人们还不信呀。保留着是有必要的！”

纸灰是预先烧的旧报。

我的书，早已在母亲的帮助下，糊在顶棚上了。

我下乡前，撕开糊棚纸，将书从顶棚取下，放在一只箱子里，锁了，藏在床下最里头。

我将钥匙交给母亲时说：“妈，你千万别让任何人打开那箱子。”

母亲郑重地接过钥匙：“你放心下乡去吧！若是咱家失火了，我也吩咐你弟弟妹妹们抢救那箱子。”

我信任母亲。

但我离开城市时，心怀着深深的忧郁。我的书我的一个世界上了锁，并且由我的母亲像忠仆一样替我保管，我没有什么可不放心的。然而谁来替我分担母亲的愁苦呢？即使是能够分担一点点？

我知道，不久三弟也是要下乡的。

接着将会轮到四弟。

那么家中只剩下挑不动水的妹妹，疯了的哥哥和我瘦小的憔悴的积劳成疾的母亲了！

我们将只能和父亲一样，从相反的两个方向，大东北和大西北遥遥地关注我们日益破败的家了……

母亲越是刚强地隐藏着愁苦，我越是深深地怜悯母亲。

上帝保佑，我的家并没失过火。却因房屋深陷地下，如同母亲挣钱的那个小厂一样，夏季里不知被雨水淹了多少次。

1979 年，时隔五载，我第一次从北京回去探家，帮助母亲从家中清除破烂东西，打床底下拖出那一只挺沉的箱子。它布满了滑溜溜的霉苔。

我问母亲："妈，这箱子里装的什么呀？"

母亲看着，回忆着，和我一样想不起来。

"妈，把打开这锁的钥匙给我……"

"妈也记不清楚哪把钥匙是开这把锁的了，你试吧！"

母亲从兜里掏出一串钥匙给我。

锁已锈死。哪一把钥匙也打不开。最后被我用砖头砸开了。

掀开箱盖，一股霉味直冲鼻腔。一箱子书成了一箱子发黄的碎纸。

碎纸中有几个粉红色的小小的生命在钻动，像刚刚被剁下来的保养得极润的女人手指。

我砰地关上了那箱子盖，并用双手使劲按住，仿佛箱子内有一个面目狰狞的魔鬼。

即使将世界装在那样一口箱子里也是会发霉的。

"箱子里到底是什么啊？"

母亲困惑地又问了一句……

父亲带着一颗受了伤害的心离开北京回四弟家中去住了。我致信三弟希望母亲能到北京来住。这是1985年的事。算起来我又六年未见母亲了。父亲的走，使我更加想念母亲。我心中常被一种潜在的恐慌所滋扰，我总觉得一个不可避免的事实伏在距离我很近的日子里，当它突然跃到我跟前时，我不知我如何承受那悲哀和内疚和惭愧。

母亲便很快来到了北京。

母亲是感知到了我的心情吗？

我和妻每夜宿在办公室，将我们十三平方米的小小居室让给了母亲和安徽小阿姨秀华和我们三岁半的儿子。一老一少两个女人和一个孩子夜夜挤在一张并不宽大的硬床上。

母亲满口全是假牙了。

母亲的眼病是更严重了。

“你是她什么人？”

在积水潭医院眼科，医生对母亲的双眼仔细检查了一番后，冷冷地问我。

“儿子。”

“为什么到了这种地步才来看？”

我无言以对。我知道弟弟妹妹们为了治好母亲的眼睛，已是付诸了许多儿女的义务和孝心。我也听出了医生话中谴责的意味。

“眼翳是难以去除了，太厚，手术效果不会理想的。而且也极可能伤到瞳仁……”

“那……至少，是应该植假睫毛的吧？……”

可怜的母亲，双眼连一根睫毛也没有了！丧失了保护的眼睛常被炎症所苦。

“应该想到的事，你不认为你想到得有些晚了吗？眼皮已经这么松弛了，植了假睫毛还是会向内翻，更增加痛苦。”

“那……”

“多大年纪了？”

“六十七了。”

“哦，这么大年纪了……开几瓶常用药水吧，每天给你母亲点几次，保持眼睛卫生……这更现实些……”

我搀扶着母亲，兜里揣着几瓶眼药水，缓慢地往医院外面走。

默默地我不知对母亲说什么话好。十五岁那一年，我去到母亲为养活我们而挣钱的那个地方的一幕幕情形，从此以后更经常地浮现在我脑际，竟至使我对类似踏破缝纫机的一切声音和一切近于褐色的颜色产生极度的敏感。

“儿，你替妈难过了？别难过，医生说得对，妈这么大年纪了，治好治不好的又怎么样呢！……”

八岁的儿子，有着比我在十五岁时数量多的“书”——卡通连环画册、《看图识字》、《幼儿英语》、《智力训练》什么什么的。妻的工资并不高，甚至可以说是“低收入阶层”，却很相信“智力投资”一类宣传。如这等样的书，妻也看，儿子也看，因为妻得对儿子进行启蒙式教育，倘我在写作，照例需要相对的安静，则必得将全部的书摊在床上或地下，一任儿子作践，以摆脱他片刻的纠缠。结果更值得同情的不是我，而是他那些“书”。

触目皆是儿子的“书”，将儿子的爸爸的“读物”从随手可取排挤到无可置处，我觉得愤愤不平，看着心乱。既要将自己的书进行“坚壁清野”，又要对儿子的“书”采取“三光政策”。定期对儿子那些被他作践得很惨的“书”加以扫荡，毫不吝惜。

这时候，母亲每每跟着我踱出家门，站于门口，望我将那些“书”扔到哪儿去了，随后捡回。如是频频，我不知觉。

一天，我跨入家门，又见满床满桌全是幼儿读物的杂乱情形，正在摆布的却不是儿子，而是母亲。糨糊、剪刀、纸条，一应俱全。母亲正在粘那些“书”。那些曾被儿子作践得很惨被我扔掉过的“书”。

母亲唯恐我心烦，慌慌地立刻就要收起来。

我拿起一册翻看，母亲粘的那么细致。

我说：“妈，别粘了。粘得再好，梁爽也是不看的，这些书早对他失去吸引力了！”

母亲说：“我寻思着，扔了怪让人心疼的不是……要不让我都粘好，送给别人家孩子吧。也比扔了强呀！”

我说：“破旧的，怎么送得出手？没谁要。妈你瞧，你也不是按着页码粘的，隔三岔五，你再瞧这几页，粘倒了啊！……”

母亲说：“唉，我这眼啊，要不寄给你弟弟妹妹们的孩子，或者托人捎给他们？”

我说：“千里迢迢，给弟弟妹妹们的孩子寄回去捎回去一些破的旧的画册？弟弟妹妹们心里不想什么，弟妹们和妹夫还不耶笑我？”

母亲说：“那……我真是白粘了吗？……就非扔不可了吗？粘好保存起来，过几年，梁爽他长大了几岁，再给他看，兴许他又像看没看过的一样了吧？”

我说：“也可能。妈你愿粘，就粘吧。粘成什么样都没关系，我不心烦。”

于是我和母亲一块儿粘。

收音机里在播着一支歌：

> 旧鞋子穿破了不扔为何？
>
> 老先生老太太他们实在太啰唆……

我想像我这样的一个儿子，是没有任何权利嘲弄和调侃穷困在我的母亲身上造成的深痕的。在如今的消费心理和消费方式的对比之下，这一点并不太使我这个儿子感到可笑，却使我感到它在现实中的格格不入的投影是那么凄凉而又咄咄逼人。

我必庄重。

对于我的母亲所做的这一切似乎没有意义的事情，我必庄重。

我认为那是母亲的一种权利。

一种特权。

我必服从。

我必虔诚。

我不能连母亲这一点点权利都缺乏理解地剥夺了！

我知道床下，柜下，还藏着一些饮料筒儿、饼干盒儿、杂七杂八的好看的小瓶儿什么的，对于十三平方米的居室，它们完全是多余之物，毫无用处。

我装作不知。

是的，我必庄重。

它没什么值得嘲弄和调侃的。倘发自于我，是我的丑陋。尽管我也不得不定期加以清除。但绝不当着母亲的面，并且不忍彻底，总要给母亲留下些她也许很看重的……

一天，我嘱咐小阿姨秀华带母亲到厂内的浴室洗澡。母亲被烫伤了，是两个邻居架回来的。

我问邻居："秀华呢？"

她们说她仍在洗。

我从没对小阿姨表情严厉地说过话。但那一天我生气了，待她高高兴兴地踏进家门之后，我板起脸问她：“奶奶烫伤了你知道不知道?”

“知道呀!”

“知道你还继续洗?”

“我以为……不严重……”

“你以为……你以为！那么你当时都没走到奶奶身边儿去看看了？我怎么嘱咐你的！……”

母亲见我吼起来，连说：“是不严重，是不严重，你就别埋怨她了……”

半个多月内，母亲默默忍受着伤痛。没说过一句抱怨之词。

母亲又失去了假牙。母亲一天取下泡在漱口杯里，被粗心粗意的小阿姨连水泼掉了。

母亲没法儿吃东西了，每顿只能喝粥。

我正要带母亲去配牙那一天，妹妹拍来了电报。

我看过之后，撕了。

母亲问：“什么事?”

我说：“没什么事。”

“没什么事哪会拍电报?”

母亲再三追问。

尽管我不愿意，但终于不得不告诉母亲——长住精神病院的大哥又出院了……

母亲许久未说话。

我也许久未说话。

到办公室去睡觉之前，我低声问母亲："妈，给你订哪天的火车票?"

母亲说："越早越好，越早越好。我不早早回去，你四弟又不能上班了!"

母亲分明更是对她自己说。

我求人给母亲买到了两天后的火车票。

走时，母亲嘱咐我："别忘了把那瓶獾油和那卷药布给我带上。"

我说："妈，你烫的伤还没好?"

母亲说："好了。"

我说："好了还用带?"

母亲说："就快好了。"

我说："妈，我得看看。"

母亲说："别看了。"

我坚持要看。母亲只好解开了衣襟——母亲干瘪的胸脯一大片未愈的烫伤的溃面!

我的心疼得抽搐了。

我不忍视，转过脸说："妈，我不能让你这样走!"

母亲说："你也得为你四弟的难处想想啊!"

……

母亲走了。带着一身烫伤。失落了她的假牙。留下的，是母亲的临时挂号证，上面草率的字写着眼科医生的诊断——已无手术价值。

今年春季，大舅患癌症去世了。早在1964年，老舅已经去世了。母亲的家族，如今只活着母亲一个女人了，老而多病，如同一段枯朽的树根。且仍担负着一位老母亲对子女们的种种的责任感。那将是母亲至死也无法摆脱的了。

我想我一定要在母亲悲痛的时候回到母亲身旁去。我想如果我不去就简直太混蛋了!

于是我回到了哈尔滨。

母亲更瘦更老更憔悴了。真正的就好似根雕一个样子!

母亲面容之上仿佛并无悲痛。那一副漠漠然的神态令我内心酸楚。母亲其实已没有了丝毫能力担负她的责任和使命了呀！母亲好比是一只老猫，命在旦夕，只有关注着她的亲人和儿女们在这个世界上艰难地死去的份儿了！母亲她苍老的生命大概已完全丧失了体现她内心悲痛和怜悯之情的活力了吧？

在四弟的家里，只有我和母亲两个人的时候，母亲强打起她最后的尊严，问我：“你写的那篇叫《雪城》的书，为什么闹得个满世界风风雨雨？”

我缄默。

"为了稿费?"

"妈，不是……"

"不是?那究竟为什么?"

"……"

"听着，妈和你爸从来没指望你当什么作家。你既然已经是了，就要好好儿地当。妈和你爸都这么大年纪了，别在我们活着的时候，给我们丢脸……"

"妈……不是……"

"可报上是这么说的，你弟弟也是这么认为的。连你妈和你弟弟都不能原谅你的事，你还觉着自己没多大错吗?……"

"妈，我错了!我一定记住您老人家的话!……"

那一时刻，我真想给母亲跪下，告诉母亲我心里的实话——为了好好儿当一个作家，我是活得多么苦多么累!

母亲对我已无他求。

"不会干别的才写小说"——这一句话恰恰应了我的情况。

在这大千世界上我已别无选择，没了退路!

母亲，放心吧。我记住着你的话，一辈子!

"……"

若有人问我最大的愿望是什么?我会毫不犹豫地回答:将我的老母亲老父亲接到我的身边来，让我为他们尽一点儿拳拳人子的孝心。然而我知道，这愿望几乎等于是一种幻想是一个泡影。在我的老母亲和老父亲活着的时候，大致是可以这样认为的。

我最最衷心地虔诚地感激哈尔滨市政府为我的老父亲和老母亲解决了晚年老有所居的问题。使他们还能和我的四弟住在一起。若无这一恩德降临，在这家原先那被四个家庭三代人和一个精神病患者分居的二十六平方米的低矮残破的生存空间，我的老母亲老父亲岂不是只有被挤到天棚上去住吗？像两只野猫一样！而父亲作为我们共和国的第一代建筑工人，为我们的共和国付出了三十余年汗水和力气。

我的哈尔滨我的母亲城，身为一个作家，我却没有也不能够为你做些什么实际的贡献！

这一内疚是为终生的疚惭。

梁晓声他本非衔恩不报之人！

对于那些读了我的小说《溃疡》给我写来由衷的信，愿真诚地将他们的住房让出一间半间暂借我老母亲老父亲栖身的人们，我也永远地对你们怀着深深的感激。这类事情的重要的意义是，表明我们的生活中毕竟还存在着善良。

我们北影一幢新楼拔地而起。分房条例规定：副处以上干部，可加八分。得一次全国奖之艺术人员，可加二分。我只得过三次全国中短篇小说奖。填表前向文学部参加分房小组的同志核实，他同情地说：“那是指茅盾奖而言，普通的全国奖不算。”我自忖得过三次普通的全国中短篇奖已属文坛幸运儿，从不敢做得三次茅盾奖的美梦。而命运之神即便偏心地只拥抱我一个人吧，三次茅盾奖之总分也还是比一位副处长少二分，而我们共和国的副处长该是作家人数的几百倍呢？

母亲呵，您也要好好儿地活着呀！您可要等啊！您千万要等啊！

求求您了，母亲！

母亲啊，在您那忧愁的凝聚满了苦涩的内心里，除了希望您的儿子“好好儿地”当一个作家，再就真的别无所求了吗？……

淫雨是停歇了。瘦叶是静止了。这一个孤独的日子，我想念我的母亲。有三只眼睛隔窗瞅我，都是那杨树的眼睛。愣愣地呆呆地瞅我，瞅着想念母亲的我。

邻家的孩子在唱着一首流行的歌：

“杨树杨树生生不息的杨树，
就像那妈妈一样，
谁说赤条条无牵挂？
……”

由我的老母亲很想到千千万万的几乎一代人的母亲中，那些平凡的甚至可以认为是平庸的在社会最底层喘息着苍老了生命的女人们，对于她们的儿子，该都是些高贵的母亲吧？一个个写来，都是些充满了苦涩的温馨和坚忍之精神的故事吧？

我之愀然是为心作。

娘！……

遥远地，我像山东汉子一样呼喊您一声，您可听到？

……

《十月》1987 年第 3 期发表

梁晓声主要著作目录

长篇小说：

一个红卫兵的自白. 成都：四川文艺出版社，1988.

雪城. 北京：北京十月文艺出版社，1988.

中篇小说：

人间烟火. 贵阳：贵州人民出版社，1985.

从复旦到北影. 上海：上海文艺出版社，1987.

短篇小说：

黑纽扣. 杭州：浙江文艺出版社，1992.

天若有情. 北京：北京十月文艺出版社，1984.

这是一片神奇的土地. 天津：百花文艺出版社，1985.

白桦树皮灯罩. 哈尔滨：北方文艺出版社，1986.